Jean-André Lévy, alias **Jean Ferry** (1906-
1974), fue marino, guionista y narrador.
Afín al grupo surrealista y habitual de
sus reuniones en el café Cyrano, en
1940 adaptó al cine la novela de René
Lefèvre *Les musiciens du ciel*. Después
colaboraría con Luis Buñuel, Louis
Malle, Marcel Carné o Henri-Georges
Clouzot entre otros grandes directores.
Su obra bebe en las de Julio Verne, Arthur
Conan Doyle y Raymond Roussel, autor
sobre el que escribió varios ensayos
que contribuyeron a forjar su gloria
póstuma. Ferry siempre se mantuvo fiel
a esta máxima rousseliana: «Una obra
literaria no debería contener ningún
hecho u observación del mundo real, sólo
combinaciones de objetos imaginarios».
En 1957 fue nombrado sátrapa del Colegio
de Patafísica.

El maquinista
y otros cuentos

Jean Ferry

El maquinista
y otros cuentos

Jean Ferry

Prólogo de Raphaël Sorin
Traducción de Gabriel Hormaechea
Ilustraciones de Claude Ballaré

MALPASO   BARCELONA   MÉXICO   BUENOS AIRES

Prólogo

El Ferry secreto

Durante mi adolescencia veía con frecuencia a Jean Ferry. Éramos vecinos en París. Ambos vivíamos junto al cruce de la Croix-Rouge, él en la esquina de la Rue du Four, yo en la Rue des Saints-Pères. En diez minutos llegaba a su casa.

Le debo mucho: cierto gusto por el cine (*La edad de oro, Nosferatu, El malvado Zaroff, Sombras blancas en los Mares del Sur, King Kong*) y multitud de descubrimientos literarios (Raymond Roussel, Julio Verne, Alfred Jarry, Lewis Carroll, Paul d'Ivoi). Su humor sombrío me gustaba tanto como su desilusión general sobre lo que en otro tiempo le había apasionado: el surrealismo y el oficio de guionista, entre otras cosas.

Era un hombre bajito, rechoncho, con los ojos vivarachos tras las gafas de montura redonda, el pelo rapado al cero, la voz de pito y una panza que recordaba a la de Ubú.

Me impresionaba porque había sido actor y testigo de varias aventuras envidiables. Su compañera, Lila, la inspiradora de *El amor loco*, cuya belleza convulsiva recordaba aún mi madre, aumentaba con su presencia aquel recuerdo de un pasado de libertad y audacia.

Los curiosos siempre pueden consultar en el *Diccionario del surrealismo* de Jean-Paul Clébert (lo mejor que se ha hecho en su género) la nota donde el autor de *París insólito* dice lo que hay que saber sobre Jean y Lila. Cita en ella una observación de André Breton, sacada de sus *Conversaciones*, que me ahorrará prolongar aquí los superlativos: «El texto poético más sensacionalmente nuevo que he leído en mucho tiempo es "El tigre mundano", de Jean Ferry, publicado en el número 5 de la revista *Les Quatre Vents*».

El resto no habrá olvidado que fue el mejor guionista de Henri-Georges Clouzot, con quien trabajó en *Manon*, *En legítima defensa* y *Miquette et sa mère* antes de ponerse a remendar otros guiones menos portentosos para Christian-Jaque o Luis Buñuel. Fue él quien, a pesar de que el infernal y sádico cineasta lo despertase en plena noche para comentar sus diálogos, puso en labios de Louis Jouvet esta réplica asombrosa dirigida a Dora, la fotógrafa lesbiana de *En legítima defensa*, interpretada por Simone Renant: «Es usted un tipo de mi especie».

En lo que a mí respecta, me deslumbraba sobre todo con Roussel. Le había consagrado varios libros, *Une étude sur Raymond Roussel*, *Une autre étude sur Raymond Roussel*, *L'Afrique des impressions*. Ese trabajo le valió el reconocimiento del Colegio de Patafísica, del que acabó siendo uno de los sátrapas junto a Eugène Ionesco, René Clair, Boris Vian, Jean Dubuffet, Michel Leiris o Maurice Saillet. Su título de regente por suscepción transeante de la cátedra de Doxografía y Doxodoxia Rousselianas lo llenaba de orgullo.

A pesar de sus magníficas dotes para el cansancio, encontró tiempo para escribir varios relatos tan merecedores de una reedición actual como su famosísimo «Tigre mundano». En la última edición de su *Antología del humor negro*, Breton lo colocó al lado de Swift, Charles Cross o Lichtenberg. También se tomó el trabajo de escribir un sesudo prefacio a esta compilación de relatos, publicada en 1953 por Jean Paulhan en la colección de tapas rosas de Gallimard.* De *El maquinista y otros cuentos* se hizo una tirada de 1650 ejemplares, 150 de los cuales se distribuyeron fuera del circuito comercial. A lo largo de los años, he comprado varias copias intonsas, un detalle que habría encantado a Ferry (los conocedores de Roussel entenderán por qué).

Releyéndolo, he encontrado por todas partes al personaje, con sus pasiones, sus obsesio-

---

* La colección Métamorphoses, de la que *Le mécanicien* es el volumen 42. En 1950 había aparecido una primera edición de este libro (fuera del circuito comercial) bajo la enseña de *Les cinéastes bibliophiles*. Esa rarísima edición constaba de tan sólo cien ejemplares.

nes y sus fobias. ¿Cómo definir su humor? Dominique Noguez, a quien descubrí estos relatos, lo calificó de «humor gris». Cierto. Tiene también otros matices, sutiles, secretos, que más que comprender hay que adivinar, pues Ferry se sentía una reencarnación de Kafka y de Roussel, el más francés entre los dementes de la escritura. Al primero le dedicó un relato breve. Sin preferirlo a otros más espectaculares, como el del inevitable tigre, me parece que será apreciado por ese círculo de lectores desconocidos, sensibles y arriesgados que Ferry esperaba reunir y de los cuales, querido lector, formarás parte de ahora en adelante.

RAPHAËL SORIN
París, 18 de junio de 2010

EL MAQUINISTA
Y OTROS CUENTOS

A Lila

I have started up so vividly impressed by it, that its fury has yet seemed raging in my quiet room, in the still night. I dream of it sometimes, though at lengthened and uncertain intervals, to this hour. I have an association between it and a stormy wind, or the lightest mention of a sea-shore, as strong as any of which my mind is conscious... As plainly as I behold what happened, I will try to write it down. I do not recall it, but see it done; for it happens again before me.

CHARLES DICKENS,
David Copperfield, capítulo LV

Advertencia

Es posible que este texto se imprima y se lea algún día. Tampoco se puede descartar que duerma largos años, silencioso, en un cajón, en forma de manuscrito. Quizá un día el propietario del mueble se vea obligado a huir, dejando atrás las páginas olvidadas. ¿Qué nos impide pensar que la cómoda se ponga a la venta? Ahí la tenemos, recién comprada por un mayorista que quiere amueblar la habitación del servicio de su nueva casa. La criada encuentra el manuscrito y lo tira a la basura. El comerciante, que si ha hecho fortuna es porque no deja que nada se desperdicie, echa a la criada, recupera el manuscrito y lo manda a sus servicios de embalaje. Las hojas arrugadas, hechas un rebujo, servirán de relleno en un paquete que sale hacia una factoría aislada en el centro de África. No, nada de todo eso es inverosímil. Tras varios meses de vagones, vapores, hangares, gabarras, caravanas y porteadores, el paquete llega a su destinatario. Es un hombre blanco. Hace veinte años que partió de Francia para convertirse en el modesto empleado de una importante compañía minera y lo han olvidado en aquel puesto, inútil desde hace tiempo. No hay un solo europeo en mil kilómetros a la redonda y el hombre está perdido en medio de los negros, como una alubia blanca en un saco de alubias negras. El paquete llega demasiado tarde. El hombre es viejo. Había encargado una máquina de hacer hielo, pero el comerciante se equivocó y le envió un dictáfono ultramoderno. Asqueado del mundo, el blanco alisa maquinalmente las hojas de manuscrito que calzaban los rodillos vírgenes. Como no tiene nada que hacer y carece de imaginación, dicta el texto una primera vez y luego una segunda, al revés. Y como habla perfectamente la lengua de la tribu negra más cercana (una especie de bomongo adulterado), dicta en esa lengua la primera traducción del manuscrito. Más tarde, el hombre muere y nadie lo reclama. La maleza invade su cabaña hasta sepultarla. Hace tiempo que las hormigas rojas se han comido el manuscrito.

Los bomongos adulterados han entrado en conflicto con una poderosa tribu enemiga y comienza una nueva guerra de los cien años. Tras un sinfín de batallas, el último de los bomongos, único superviviente de una raza extinta, se ve obligado a refugiarse en la selva. Allí, perseguido por un jaguar una noche de tornado, se esconde en la cabaña del hombre blanco, una vaga y oscura burbuja hueca entre masas de jungla. El negro descubre el dictáfono, lo pone en marcha por casualidad y escucha, en su lengua, el texto de las páginas que vamos a leer.

Para ese negro escribo.

Un destino para paseantes

Cuentan que Gengis Kan, tras alcanzar en su avance la cima más alta de los Montes Metálicos, se apeó de su montura y le dirigió la palabra con familiaridad. Tal como aún era costumbre, el conquistador cabalgaba muy por delante de sus hordas.

No era el lugar más indicado para una conversación de aquel tipo. Al borde de inmensos precipicios de níquel, dominaba una llanura de acero que inclinaba sus horizontes en una cuesta infinita y azulada hasta alcanzar las lejanas siluetas, apenas visibles, de los vaticanos que debía destruir. En ninguna otra parte los Montes Metálicos hacían tanto honor a su nombre. El volcán que coronaba un pico vecino arrojaba a intervalos regulares grandes bocanadas de metal fundido. Caían en hirvientes cataratas cuyas coladas de fuego se perdían, con atroces silbidos, en un glaciar de aluminio que el sol, entre sus morrenas de cobre rojo, rayaba con cegadoras láminas de plata, ondulantes, como recamadas de lentejuelas. Arroyuelos de mercurio circulaban pesadamente entre guijarros de plomo, sobre el suelo de zinc, y se dividían entre las patas del caballo que, con grandes ojos soñadores, escuchaba a su dueño sin dejar de pacer el escaso estropajo metálico, la única cosa que llegaba a crecer en aquellos altos inhumanos donde hacía tanto frío.

De pronto, dudando de la suerte y de la sensatez de su empresa, Gengis Kan, henchido de desprecio hacia la humanidad, pidió consejo a su caballo y le preguntó si no era mejor abandonarlo todo, dar media vuelta e ir a esperar la muerte paseando su tienda de pieles, peluda y apacible, de una punta a otra de la noche siberiana, con las ratas subterráneas. Pero parece que el caballo tenía ganas de ver Roma. Imaginaba, sin duda, que era un país propicio a los caballos donde uno de ellos había sido gobernador, aunque es cierto que de forma muy provisional. Pero eso el caballo no lo sabía. Así pues, ante las espectaculares solicitudes de su dueño, se limitó a responder: «Sigue cabalgando, no hemos llegado hasta aquí para dar media vuelta, ¡qué demonios!».

Gengis Kan, que tenía la costumbre de hablarle a su caballo pero nunca lo había oído responder, volvió a montar, conmocionado por aquel prodigio. Súbitamente, una tristeza mortal le heló la sangre. Pues, más allá de todas las conquistas posibles, entrevió las tierras desconocidas, azules, perfumadas y ubérrimas a las que nunca podría llegar, al otro lado de los mares infranqueables. Y si las hubiese poseído, si hubiese sido necesario proseguir la marcha y la Tierra era en verdad redonda, como algunos pretendían... Una vez conquistado todo, conduciendo sobre sus propias huellas de antaño los pasos de su caballo (o los de otro, puesto que aquél, sin duda, habría muerto tiempo atrás de fatiga y vejez), ¿tendría que atacar sus primeras conquistas y destruirse a sí mismo?

Gengis Kan quiso obligar a su caballo a volver grupas, pero el caballo tenía sus razones y siguió en sus trece, de cara al Oeste. Hombre y bestia forcejearon en silencio un buen rato, bajo un cielo cargado de tinta y reflejos incendiados. Por otra parte, era hora de partir. En el horizonte opuesto, la vanguardia del ejército resplandecía ya bajo el sol oblicuo. Los monstruitos velludos proyectaban tal fuerza a su paso que a Gengis Kan se le retorció el estómago. Gritó erguido sobre los estribos, levantó y bajó el brazo derecho para indicar el camino de las próximas y fructuosas masacres, y el caballo reanudó la marcha.

De aquella lucha permanece aún, en la cima de la montaña, la profundísima huella de una pista cuadrangular, cuyos puntos cardinales corresponden a las pezuñas del caballo, que prefirió hundirse en el suelo antes que ceder a la voluntad de su jinete. Nadie sabe ya quién dejó esa huella: los pastores dicen que fueron

las hadas (pensando lo contrario) y los guarda-
bosques se cuidan de perfilar cada año sus aris-
tas porque estimula la curiosidad de los turistas. Y también entre la gente de la región ha
acabado siendo un destino para paseantes.

A bordo del Valdivia

El segundo subió al puente. No era la hora de su guardia y no lo esperaba, me sorprendió mucho. Me llevó contra la batayola y, por su pelo revuelto y sus ojos hinchados, comprendí que acababa de despertarse. Le pregunté por qué abandonaba la litera en mitad del sueño y respondió: «No dormía, capitán, no dormía. Perdóneme, hace quince días que no pego ojo. Quisiera hablar con usted, pero aquí no». El timonel seguía la derrota. Le dije al teniente primero que a la menor incidencia fuera a buscarme al camarote y bajé con el segundo. No me gusta que la gente pase quince días sin dormir a bordo del Valdivia, sobre todo cuando tiene responsabilidades.

Mi segundo es un hombre muy alto y muy delgado, con la barba negra y cerrada. De ahí mi sorpresa cuando, en lugar de hablar, se echó a llorar. Un hombre que nunca bebe. Él lloraba desconsoladamente, pero era yo el que se sentía incómodo, y cuando se postró en el suelo, contra mis rodillas, ya no supe dónde meterme. Era un viejo amigo. Traté de levantarlo. Habría podido enfadarme, estaba en mi derecho, pero los dos quisimos a la misma mujer hace veinte años y él no tuvo el mismo éxito

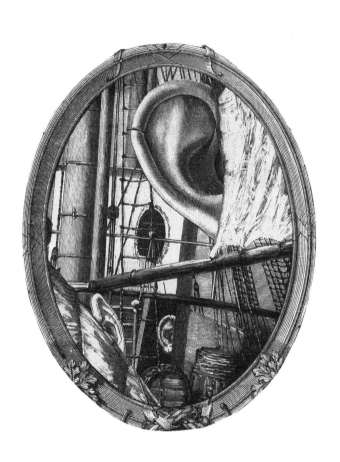

que yo. Ningún capitán de carguero mixto se ha encontrado nunca en semejante tesitura: estuve muy correcto, con todo. Volví a sentarme en mi butaca como si, tácitamente, le diera permiso para llorar y permanecer de rodillas cuanto quisiera. Por fin, se levantó, se acercó a mí cabizbajo, me tomó la mano y dijo: «Capitán, le he engañado, la bodega cuatro está llena de chinos». Me quedé boquiabierto. Se puso entonces a hablar muy deprisa, como un hombre extenuado que tira al suelo sus sacos de cemento.

Qué le vamos a hacer, así es la vida. Uno se gana el respeto de los armadores durante cuarenta años y, de pronto, se encuentra transportando chinos sin saberlo.

«Sí, sí, es verdad, capitán, pero no es culpa mía, se lo juro. Mi único error, y es inmenso, lo reconozco, es no haberle avisado antes. El responsable es el encargado de la refrigeración, él y el proveedor de efectos navales de Banjoevanjie. Por eso iban y venían las piastras mexicanas en la escala de Mormigao y por eso precisamos dos hombres para subir cada bulto a bordo. Ardides y más ardides. Y ahora la bodega cuatro está llena de chinos, unos vivos y otros muertos en sus ataúdes, ataúdes vacíos para cuando los vivos estén muertos, una auténtica plaga. Y el arroz de Patna que tanto nos había costado estibar, al mar, por la borda, y también el sollado de mercancía general. En fin, supongo, no les he visto hacerlo, pero en alguna parte han tenido que poner el cargamento para meter allí a tantos chinos. Tuvo que ser dos noches antes de llegar, yo no vi nada, ni oí nada, pero usted tampoco, capitán, y eso significa que hicieron su trabajo con pies de plomo. Tampoco vi embarcar a los chinos, pero están a bordo. Todo empezó después de Mormigao. Los oí a través del tabique, mi camarote está cerca de la bodega cuatro. No es por hacerle un reproche, capitán, pero no es camarote para un segundo, tampoco soy yo quien deba decírselo. Al principio pensé que eran ratas. Se pasaban la noche lloriqueando, arrastrando sacos de hojas secas por el suelo, pero la tercera noche, por el olor que me llegaba a través de una grieta, caí en la cuenta de que eran chinos, ratas amarillas. Llevo quince días con la oreja pegada al tabique, escuchando, cuando no estoy en el puente. Me pregunto cómo he podido tardar tanto en darme cuenta. ¿Pero qué iba a hacer yo solo? Y avisarle a usted habría sido aún peor porque habría hecho abrir inmediatamente las escotillas de la bodega cuatro y, si no hubiésemos encontrado a los chinos, yo habría quedado como un enfermo, un enfermo peligroso que no puede seguir siendo el segundo de a bordo del Valdivia. En cualquier caso, están ahí, los oigo continuamente, incluso desde aquí, cuchichean a toda velocidad, en chino. ¡Son tan astutos! Nadie sabe nada a bordo, salvo el hombre de la refrigeración, claro, y él lo negará todo mientras pueda. Pero están ahí, capitán, lo han organizado todo a su manera en la bodega, ¡no lo dude! Tienen hasta un templete con palitos que arden delante, una asquerosidad. ¿Y qué es lo que están urdiendo, eh, qué maquinan en la sombra? ¿Por qué he tenido tanto miedo de hacer el ridículo, capitán? ¿Por qué no me he atrevido a hablar hasta ahora? Haga lo que le parezca, a mí me da igual, por fin voy a poder dormir, ya pueden cortarse el cuello y dar aullidos al otro lado del tabique, no pienso despertarme tan fácilmente.»

¡Y listo! Se liberó así de su tormento y hace tres días que duerme, con rastros de lágrimas en las mejillas y en la barba. Pero yo voy de un lado a otro del puente sin descanso y no me atrevo a mirar hacia la popa del Valdivia. He mandado apuntalar las cuñas de las lonas que cubren la carga, sin que nadie entienda el motivo. Tengo miedo de ceder a la tentación. ¡La visión de un chino me pone enfermo y ahí dentro puede que haya trescientos! Ya veré cuando atraquemos. O no, por poco que pueda evitarlo. Cerraré los ojos, el encargado de la refrigeración desembarcará a sus chinos a escondidas y nadie sabrá nunca nada. Porque el segundo está loco, dos hombres solos nunca habrían podido vaciar una bodega sin llamar la atención. El arroz sigue estando ahí, eso es seguro. Es imposible que se lo hayan comido todo.

En lo más profundo de la noche, cuando nadie puede verme, pego la oreja contra las escotillas, pero no oigo nada, no oigo nada de nada. Tal vez no haya chinos en la bodega. En el fondo, el segundo nunca los ha visto, pero sabe oír tantas cosas... Y yo no tengo a nadie a quien contar mis cuitas, es un asunto de lo más triste y deprimente. Tendré las ideas más claras cuando hayamos partido de Vancouver. Más tarde, mucho más tarde, haré que abran esa bodega. Pero Vancouver aún está lejos, tenemos viento en contra, quemamos demasiado carbón, la pasajera del camarote 6 embarcó embarazada de ocho meses, no sabíamos nada, y ahora tengo que cubrir además la guardia del segundo. Son demasiados problemas para un solo hombre.

Kafka o la «sociedad secreta»

Joseph K... tendría veinte años cuando descubrió la existencia de una sociedad secreta, secretísima. En realidad, no se parece a ninguna otra asociación de esta clase. Para algunos es muy difícil entrar en ella. Muchos lo desean ardientemente, pero nunca lo conseguirán. Otros, por el contrario, forman parte de ella sin siquiera saberlo. Nadie puede estar seguro de haber ingresado; muchos creen ser miembros de esa sociedad secreta sin serlo en absoluto. Por mucho que hayan sido iniciados, siguen siendo menos miembros que muchos otros que ni siquiera conocen la existencia de la sociedad secreta. En efecto, han pasado las pruebas de una falsa iniciación destinada a despistar a quienes no son dignos de ser realmente iniciados. Pero incluso a los miembros más auténticos, a aquéllos que han llegado a la más alta jerarquía de esa sociedad, jamás se les revela si sus sucesivas iniciaciones son válidas o no. Puede llegar a ocurrir que, tras diversas iniciaciones auténticas, un miembro haya alcanzado con normalidad un verdadero grado jerárquico y seguidamente, sin previo aviso, resulte que tan sólo ha sido sometido a iniciaciones falsas.

A. PASQUIER, SC.   LATOUR, P.   CHAPON, SC.

Saber si es mejor ser admitido en un grado menor, pero real, que ocupar una posición destacada, pero ilusoria, es objeto de interminables discusiones entre los miembros. En cualquier caso, nadie está seguro de la solidez de su grado.

De hecho, la situación es aún más compleja, puesto que ciertos candidatos son admitidos en los más altos grados sin haber pasado prueba alguna, y los hay que son miembros sin haber sido notificados. A decir verdad, ni siquiera es necesario solicitar el ingreso; hay gente que se ha sometido a iniciaciones elevadísimas e ignoraba por completo la existencia de la sociedad secreta.

Los miembros superiores cuentan con poderes ilimitados y llevan consigo una potente emanación de la sociedad secreta. Aunque no la manifiesten, su sola presencia basta, por ejemplo, para convertir una reunión anodina, como un concierto o una cena de cumpleaños, en una reunión de la sociedad secreta. Esos miembros están obligados a redactar informes secretos sobre todas las sesiones a las que han asistido, informes que son analizados por otros miembros del mismo rango; de esta forma, existe entre los miembros un perpetuo intercambio de informes que permite a las autoridades supremas de la sociedad secreta controlar estrechamente la situación.

Por muy arriba, por muy lejos que vaya la iniciación, nunca llega a revelar al iniciado el objetivo perseguido por la sociedad secreta, pero siempre hay traidores y hace mucho tiempo que no es un misterio para nadie que ese objetivo es guardar el secreto.

Joseph K... se asustó mucho cuando supo que esa sociedad secreta era tan poderosa y estaba tan ramificada que un día podía estrechar, sin saberlo, la mano del más poderoso de sus miembros. Pero, por desgracia, una mañana, al salir de un penoso sueño, perdió en el metro su billete de primera. Esa desventura fue el primer eslabón de una cadena de confusas y contradictorias circunstancias que lo pusieron en contacto con la sociedad secreta. Más tarde, y a fin de protegerse, se vio obligado a hacer lo necesario para que lo admitiesen en aquella temible organización. De eso hace mucho tiempo y aún no se sabe qué fue de aquel intento.

Carta a un desconocido

Acabamos de llegar a un país muy extraño. No sé si esta carta le llegará algún día. A decir verdad, no estoy muy seguro de que hayamos llegado, pues, desde que desembarcamos, la tierra sigue desplazándose bajo nuestros pasos. El propio Valdivia desapareció en cuanto puse los pies en el muelle y no sé si volveré a encontrarlo alguna vez. No hay correo en este país que, por lo demás, tampoco tiene habitantes; no sé si podré enviarle esta carta ni cómo le llegaría. Tampoco sé a quién enviarla, aunque espero que algún día la reciba. ¿Qué fue de mis compañeros de viaje? No sé nada de ellos, pero no pueden haber desaparecido por completo. Tiene que quedar algo de ellos en alguna parte, y también de sus huellas; los ando buscando. Espero tener éxito, pero nunca se sabe, prefiero escribir antes esta carta. Aunque no tendré gran cosa que hacer cuando la haya escrito, pues creo que este país es una isla. No estoy seguro, aunque a mi llegada bordeé la costa paso a paso y al cabo de dos días me encontré de nuevo en el punto de partida. Ayer había en el centro de esta isla una gran montaña de lisas laderas, pero hoy no estoy seguro.

Lo que querría decirle, sobre todo, es que no hay que venir a este país. Sepa que en él no se pasa hambre ni sed y las casas son más bien confortables, si puede habituarse a ellas. No, lo que resulta molesto es más bien el tipo de vida. Nunca me acostumbraré. La soledad está aquí demasiado poblada para mi gusto. Durante el día, pase, pero por la noche... el ruido de esos miles de respiraciones invisibles asombra y, a usted puedo decírselo, espanta. Es difícil de explicar. Pero usted me entenderá. ¿Ha puesto alguna vez el pie, en la oscuridad, sobre el último peldaño de la escalera, ése que no existe? ¿Recuerda ese segundo de desconcierto absoluto? ¿Se acuerda de sus pacientes búsquedas nocturnas, en la cama, cuando en el momento de dormirse se le distiende bruscamente la pierna y está a punto de caer vaya a saber dónde? Pues bien, este país siempre es así. La materia de la que está hecho ese escalón ausente de su escalera constituye aquí la materia misma. No se acostumbra uno, se lo aseguro, no hay que venir a este país.

Yo he llegado aquí por culpa de un estúpido error. Nadie me lo advirtió. El Valdivia había puesto rumbo a Melbourne. ¿Cómo pudo equivocarse hasta ese punto el capitán? Una noche, la Cruz del Sur basculó en el cielo. Me quejé al metre porque no hay que dejarse avasallar, pero me aseguró que sucedía lo mismo en cada viaje. Y aquí me tiene, absolutamente solo y sin ganas de nada, salvo de salir, porque algo bastante oscuro me dice que habrá que salir sin falta. ¿Cómo? Me ocuparé de ello de inmediato, seguro. Tengo un par de asuntillos pendientes, pero mañana me pondré a buscar el muelle. Tal vez haya vuelto el Valdivia. Volverá, sin duda, puesto que ya vino una vez. He perdido un poco la cuenta de los días porque aquí no hay calendario, sabe, y no tengo ganas de jugar a Robinson haciendo muescas en una estaca. Está claro que a bordo del Valdivia no tenía todo este pelo blanco. Mañana tendré que emprender la búsqueda del muelle, ya he esperado demasiado.

De día, las calles son tristes y lluviosas. Nadie vive aquí, así que se entiende. Pero de noche, ¡qué movimiento! Y no hay nadie, pare atención. Soy un hombre sensato, sé que esas casas no se han construido solas y, como se suele decir, hay que hacerse a la idea. Pero es un trabajo terrible, en este país en donde nada sucede como en el resto del mundo. Me parece que, desde que llegué, he estado demasiado ocupado en hacerme a esa idea y no lo lograré jamás. Haría mejor en retomar la búsqueda del muelle.

Es comprensible. A los lugareños no les gusta que los molesten. Creo que, en realidad, nunca salen por su propio pie. Parece sencillo, pero ¿cómo explicárselo? No, no buscan perjudicarme y, si me quedase aquí el tiempo suficiente, acabaríamos por entendernos, pero siempre tienes a alguien a tu espalda y, cuando te vuelves, nadie, a la larga es exasperante. En este momento, por ejemplo, hay uno que mira por encima de mi hombro lo que estoy escribiendo; será mejor que no me vuelva. Terminaré esta carta mañana, no puedo escribir cuando me están observando. Voy a intentar encontrar el muelle. No me siento desgraciado, insisto, y aun así, ¿quién querría ver aquí a su mejor amigo? Hay gente que se encontraría a gusto en esta isla, yo no.

Ponerle a la vida un poco de fantasía está muy bien, pero, señor, cuando un hombre no sabe si el sol que le alumbra es de mediodía o medianoche, cuando el gran viento de las llanuras se enrolla en torno a tu personalidad como las bandas de color en torno a un poste de peluquería americana, yo digo «basta». Está decidido, mañana me pongo a buscar el muelle. Ésa es, en el fondo, mi única pesadilla: que el Valdivia vuelva a recogerme cuando no esté y se vaya sin haberme visto.

Robinson

Cuando, tras haberle dado la vuelta completa, estuve seguro de que la isla estaba totalmente desierta, no me hinqué de rodillas sobre la arena de la playa derramando amargas lágrimas. Me puse inmediatamente a no arar, no sembrar, no ahuecar troncos de árboles ni incordiar a ningún loro hasta que fuese capaz de pronunciar correctamente la palabra «esperanza». Tiré mi catalejo al agua y no construí ninguna valla en torno a mis dominios. Cuando la marea trajo consigo los despojos del navío, tan útiles para un náufrago, fui a instalarme al otro lado de la isla para perderlos de vista. Allí descubrí una caverna profunda, inaccesible, sorda, ciega, muda, con el suelo tapizado de arena griega, y me eché a dormir como siempre tuve ganas de dormir, sin que la vida haya tenido a bien permitírmelo: profundamente.

Al cabo de unos minutos tenía allí a los hombres del equipo de salvamento y, felices, me dieron unos golpecitos en el hombro para despertarme.

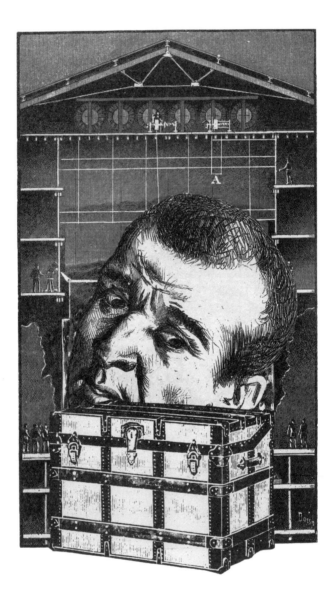

El viajero con equipaje

Durante los primeros meses del año 19... a consecuencia de unos acontecimientos aún oscuros para mí, atravesé una crisis mental absolutamente atroz de la que me costó lo indecible salir. Nunca había experimentado esa clase de problemas, con lo que su intensidad me turbó profundamente, pero tengo la certeza cenestésica de que estoy a salvo de una recaída en lo que no puedo llamar sino enfermedad.

Abrumado por diversos trabajos cuya responsabilidad compartía con amigos muy queridos que hasta entonces habría hecho cualquier cosa por conservar, me vi de la noche a la mañana absoluta e irremisiblemente incapacitado no ya para escribir una sola línea, sino para llevar a cabo cualquier otro acto libre, el que fuere. Después de privarme voluntariamente de vacaciones, pues no podía hacer otra cosa, pasé largas semanas errando por las calles del invierno no como un gandul beatífico, sino como un hombre acorralado, perseguido por los remordimientos y las preocupaciones. No me quedaba ni voluntad, ni voluntad de tener voluntad. Faltaba a las citas con pretextos absurdos, dejé en la estacada a mucha gente que contaba conmigo, a personas con quienes

mantenía toda clase de relaciones, entre las
cuales las de sincera amistad eran las que más
me dolían. Me avergonzaba de mi increíble co-
bardía y, lo repito, aquellos devaneos me re-
sultaban un tormento constante. A veces lo
olvidaba todo, por muy poco tiempo, pero al
momento, como la ola que rompe un dique,
la torre de las desdichas que había levantado
poco a poco con mis propias manos se derrum-
baba bruscamente sobre mí. Hablaba en voz
alta, no podía dejar de hacerlo.

Ladraba dos o tres veces una frase corta, un
nombre propio relacionado con mis preocupaciones. La gente se volvía a mirarme mientras
yo me maldecía refunfuñando. Es el sueño más
abominable que he tenido jamás, y no era ningún sueño. Creo que durante todo aquel tiempo, un invisible anillo de yeso me oprimía el
cráneo. Hacía un esfuerzo ímprobo por no trabajar, por inventar excusas insensatas, un esfuerzo mucho mayor del que me habría costado el trabajo mismo. Pero sentarme ante una
hoja de papel en blanco (y debería remontarme
más atrás aún: coger una silla para sentarme,
decidirme a coger una silla, etc.) y escribir la
primera palabra de una primera frase, imposible. Sabía que si escribía aquella primera palabra habría escapado a mi martirio. Durante
días enteros, físicamente animado por breves
oleadas sucesivas de esperanza, me vi a punto

de escribir aquella primera palabra. Pero la postergaba hora tras hora, me concedía plazos que prolongaba más allá de su término, con nuevos plazos ahora sí definitivos, y me acostaba por la noche, ebrio de cansancio inútil, sin que nada hubiese cambiado, incomprensiblemente persuadido de que al día siguiente pondría manos a la obra.

Y aquello duró días y días. Se me encogía el corazón con cada timbrazo. Dejé de abrir mi correspondencia. Por la noche, enredado en sueños laboriosos, intentaba hurtarme a la Gran Persecución para volverla a encontrar, al despertar, más lacerante aún. Insisto en que sólo cabía huir, evadirme, esconderme de todo y de todos. Ni siquiera me atrevía a ir a comer a casa. Si hay alguien que se haya hundido a sí mismo aplicadamente en la pesadilla, ese alguien soy yo, Y me hundía cada día un poco más, pues con el tiempo, naturalmente, la situación no hacía más que empeorar.

Por otra parte, me sentía absolutamente vacío, incapaz de concebir otra idea que la de mi intolerable letargo. Es pura casualidad que no me volviera loco, que no me matara durante esos meses horribles. A cada momento esperaba volver a ser yo mismo y no me encontraba.

No hablaba con nadie de aquellos sufrimientos, que podían prestarse a la mofa. Hubo quien los adivinó. Un día, no sé por qué (para felicitar el Año Nuevo a mediados de febrero, creo... sí, fue para llevar a cabo ese acto insignificante, continuamente aplazado hasta aquel momento, para lo que encontré un atisbo de energía), logré ponerme ante una hoja de papel y escribir unas líneas a una encantadora mujer a quien conocía muy poco, la verdad. En el vértigo de mi desamparo, tras unas cuantas fórmulas al uso, perdí el control de mis palabras y le conté, poco más o menos como lo hago ahora, la maldición que me paralizaba. Me respondió inmediatamente y lo que me dijo fue muy propio de ella, hasta en el más mínimo detalle. En mi cielo encapotado, fue como la irisación de un misterioso arcoíris cuyos colores se hubiesen llamado belleza, confianza, encanto, amistad, elegancia, delicadeza, gracia. Me conmovió, debí de comenzar a curarme leyendo aquella carta. Pero la luz aún quedaba lejos.

Seguía vagando por la ciudad. Mis únicas distracciones, por llamarlas de algún modo, eran los apuros económicos resultantes de aquella situación. Yo que soy hombre de muchedumbres y calles a las seis de la tarde, yo que suelo encontrar al azar de mis interminables viajes por París los espectáculos más insólitos y las combinaciones de piedras más propicias, yo, el mirón de las grandes profundidades de la ciudad, caminaba sin ver nada, sin oír nada. Había perdido la gracia, ya no pasaba nada en mi derredor. De vez en cuando me paraba en un café, con los pies doloridos, y bebía un zumo de fruta. Ya ni siquiera leía. Y me sorprendía hablándome a voces, indignado, cada cinco minutos.

Aquella agotadora persecución me llevó un día, muerto de cansancio, a una banqueta de la cervecería Graff. Llevaba un manuscrito en la mano; había salido de casa muy decidido a trabajar con un amigo que tal vez siguiese esperándome, pero el ruin demonio que me atormentaba me había desviado de mi propósito, como era de esperar.

Había desplegado mis inútiles papeles sobre la mesa de la cervecería y los contemplaba estúpidamente bajo la mirada vidriosa de las prostitutas cuando, con la mayor naturalidad del mundo, separé una hoja blanca de las demás y me puse a escribir lo que sigue:

«No me creeréis, claro. A lo que yo llamo sencillamente por su nombre, lo llamaréis con otro nombre. Miraréis para ver qué encontráis y encontraréis montones de cosas allí donde no hay nada de nada, tan sólo un doloroso recuerdo del que quisiera librarme. Si tuviese ganas de hablar de mi conciencia o de mi inconsciente o de una obsesión o de una mujer o del Peloponeso, contaría historias de la conciencia, del inconsciente, de viejos con vestidos rosas; el cuento, que conozco bien, del joven marino que prometió un broche a la damisela de Huelva o, sencillamente, la historia del Peloponeso. Pero así están las cosas, hoy día un hombre no puede ponerse a relatar la menor aventura de agrimensor en dificultades con sus jefes o de tímido empleado enfrentado a la justicia sin que todas las iglesias del mundo se le echen encima para despellejarlo y llevarse cada una su pedacito.

»Lo que llevaba a cuestas desde allí, en un baúl de madera, sin conseguir quitármelo de encima, no era ni mi consciente ni mi inconsciente, os lo aseguro. Por otra parte, si hubieseis podido levantar la tapa de aquel baúl, si hubieseis podido verlo tal y como aún se me aparece a mí de vez en cuando en mis sueños más asfixiantes, habríais abandonado inmediatamente cualquier veleidad de tomarlo por un vulgar símbolo. ¡Y cómo comía, el muy cabrito! Comía como cuatro personas de carne y hueso en aquella época en la que, con más frecuencia de la deseable, yo me conformaba con un cruasán y un café con leche .

»No, las cosas no empezaron a torcerse de golpe. Cuando llegué a la Rue du Reposoir aún me quedaba bastante dinero. Allá, bajo las palmeras, tenían tanta prisa por deshacerse de ello que no se habían molestado en regatear. La mitad en el momento de la entrega y la otra mitad cuando su agente de París viniera a recuperarlo. Estaba sobre aviso. Aquello no debía durar más de dos o tres meses, tan seguro como que Dios existe; una mañana cualquiera se presentaría un tal Gómez, un hombre con patillas y barba de chivo. Luego, ya no sería asunto mío. ¡Lo que habré llegado a esperar al dichoso Gómez!

»Estaba tan contento de encontrarme de nuevo en París que el primer mes viví un poco a lo grande. Restaurantes buenos todas las noches, aperitivos, tardes enteras tumbado boca arriba, leyendo novelas policiacas mientras oía llover, sesiones de cine en pareja con todo lo que conllevan... el programa completo, vamos. No tenía prisa por buscar trabajo, créanme. Pero, hacia finales del segundo mes, empecé a notar que la cartera me molestaba un poco menos en el bolsillo de la chaqueta. Y decidí estirar lo que me quedaba. Fue entonces cuando vine a instalarme en el Hôtel de l'Avenir et du Passé, en el Impasse des Passagers. Y fue todo un cambio, el dueño se llamaba Chaufourniol y era el más gordo y más horrible de los patrones de París; se repantigaba en su pequeña pecera de mugrientos cristales del alba a la medianoche, mirando embobado el panel de las llaves con los ojos turbios. Había también otro panel repleto de bombillitas, como en un submarino, para que la gente no cambiase los plomos ni dejase la luz encendida toda la noche. Pero no era caro y yo no quería trabajar. Cada cual con sus manías. En primer lugar, no quería perder el baúl de vista mucho tiempo y, además, el trabajo me asqueaba. Había tenido demasiado dinero junto, no me había pasado nunca, y sencillamente no quería volver a trabajar, aunque para ello tuviese que apretarme el cinturón.»

Llegado a este punto, me dio una especie de vahído. Levanté la vista muy sorprendido e hice exactamente lo que no debía hacer: releí lo que había escrito de un tirón, sin una tachadura, sin titubear ni medio segundo en la elección de una palabra. Una fulana gorda, envuelta en zorros plateados y coronada por una inmensa tiara, hecha de otros zorros enroscados, me miraba con una sonrisa sarcástica. Caí entonces en un nuevo agujero y me puse inmediatamente a escribir el final del relato, que se me apareció de golpe con una nitidez cegadora. Helo aquí:

«Y ahora, para los aficionados a lo maravilloso, ahí va eso: se la he jugado al patrón, sí, se la he jugado. He engatusado a ese auvernés codicioso y tenaz, siempre al acecho. Es una de las pocas hazañas de las que estoy orgulloso de verdad. Debo decir que fue un trabajito muy fino. La verdad es que Jules me ayudó, Jules, el camarero del bar Aux Îles Merveilleuses, de la Rue des Refroidis. Fue él quien hizo de comisario al teléfono, a la hora prevista. El telegrama que yo había mandado por la tarde llegó en el momento preciso y el patrón salió como un loco, dejando al cuidado del despacho a esa ruina informe que llamaba mujer de la limpieza. Pude pasar con el baúl como si tal cosa.

»Luego, al cabo de mucho tiempo, abandoné el baúl.

»No hay que tenérmelo en cuenta, no podía hacer otra cosa.

»No creo que sufriera mucho tiempo. Debió de esperar rechinando los dientes (por llamarlos dientes) la rendija de luz que, en su cielo de madera, anunciaba que iba a levantar la tapa del baúl. Luego, al cabo de tres o cuatro días, se sumió probablemente en el mismo sopor en que lo encontré al término de la travesía, durante la que hubo que dejar el baúl en la bodega. A veces, en mis peores sueños, como os decía al comienzo, lo veo intentando comerse el serrín y me despierto muy alterado. Pero no, la cosa no debió acabar tan mal.»

Me quedaba aún una frase de dos líneas a modo de conclusión. Iba a escribirla cuando el camarero pasó a cobrar, supongo que sería el cambio de turno. Fue como si me rompiera todos los dientes de un puñetazo. La frase estaba lejos.

Al cabo de una semana, poco más o menos, algo se recompuso en mi cabeza. Me agarré por el hombro y me arrastré a mí mismo, sí, me arrastré, rascando el pavimento con los talones y todo el cuerpo lanzado hacia atrás con una fuerza abrumadora, a casa de alguien que me esperaba desde hacía muchos días. Juro que éramos dos los que subíamos la escalera, y el uno se preguntaba con angustiosa desesperación si el otro tendría ánimos para pulsar el botón del timbre.

Apreté aquel botón. Caí sobre él con todo mi peso, como debe uno lanzarse desde el sexto piso a la lona de los bomberos cuando las llamas empiezan a lamerle los pies. Estaba salvado.

Exceptuando unos días de recaída (que no me tomé muy en serio porque sabía que volvería a ser dueño de mí mismo cuando quisiera, convicción de la que carecía por completo durante mi primera crisis), mi lamentable aventura había terminado. Tan sólo me queda un recuerdo furtivo y aterrado, además de los fragmentos de narración que acaban de leer. Desde entonces, he intentado muchas veces llenar el vacío que hay entre el comienzo y el final de la narración. Supongo que nunca lo lograré. Sé que en ese hotel han tenido lugar muchas más historias, pero ¿ cuáles? Escribí o, mejor dicho, compuse unas cuantas. Todas desprendían un tufo personal que me resultaba odioso y que era la marca misma de su falsedad. También sé que una chica a la que llamaban Liseron, una chica muy guapa, tirando a gorda, con un vestido ajustado de terciopelo negro, subió una tarde a la habitación y los dos vivieron juntos unos días. Pero una mañana se esfumó. Me dejó un poco tocado. Tenía unos ojos que no te los acababas. Debió de levantar cuidadosamente la tapa del baúl, para ver qué había y, si lo consiguió, entiendo que se marchara sin mediar palabra. El dueño del hotel, Chaufourniol, se fue poniendo cada vez más borde, pues Gómez y su dinero seguían sin aparecer. Me acechaba a la vuelta de cada pasillo. También hubo tentativas de robo, pero no sé nada más, no lo puedo afirmar. Entreveo, de refilón, a un fortachón tuerto que responde al pintoresco apodo de «Dédé sólo tiene un lucero». Pero creo que se ha perdido, que venía de otra parte. ¿Y la vez que no quería volver al hotel ni volver a ver nunca más el baúl y me fui hasta Puteaux en alpargatas? ¿Y la cuerda? ¿Y el ramo? ¿Y los malditos gemelos del tercero que uno nunca alcanzaba a distinguir? Es todo muy vago, lejano, como el recuerdo de un sueño.

Más vale no insistir... Y si tengo que recaer en las mismas tribulaciones psíquicas para conocer el nudo de la historia, prefiero olvidarla para siempre. De todas formas, pueden estar seguros de que esta vez no me tomaré la molestia de vivir para contarla.

Mi pecera

Hace algún tiempo que anidan en mí pensamientos suicidas. Tengo que decir que salgo de ellos bastante airoso.

De día no dicen nada, duermen en su cajita de ébano. Pero cuando cae la noche y levanto la tapa, hay que ver cómo todo aquello bulle y se agita alegremente.

Tienen las cabecitas planas, blanquecinas y triangulares, como ciertas agujas de fonógrafo, agujas de un modelo que creo olvidado. Son unos animalitos monísimos y muy fáciles de alimentar. Se comen todo lo que les doy: tristezas, dientes arrancados, heridas de amor propio o no, preocupaciones, deficiencias sexuales, sofocones, pesares, lágrimas sin derramar, falta de sueño, todo eso se lo tragan de un bocado, y piden más. Pero lo que más les gusta es mi cansancio; y es una suerte, porque no corren peligro de quedarse sin existencias. Los atiborro de cansancio, no se lo pueden acabar y siempre me queda más, nunca podré librarme de él.

Me dicen que hago mal cebándolos así, que la cosa acabará mal, que engordarán demasiado y se saldrán de su caja, pero guardo la caja en el cajón que está siempre cerrado con llave,

el de la cómoda grande, la del grueso tablero de mármol. En otro tiempo, la vieja Marie desparramaba los caramelos sobre ese mármol.

Aunque saliesen de la caja y corriesen por el cajón, no creo que consiguieran levantar ese tablero de mármol. Es verdad que nunca se sabe, pero ¿qué voy a hacer si no con todo este cansancio?

La huelga de basureros

Como no sabíamos qué hacer con la basura durante la huelga de basureros, comenzamos a quemarla en la pequeña caldera de la calefacción central, pero la ceniza no arde y al poco tiempo no sabíamos dónde meterla. Por aquella época yo andaba muy cansado, aún más que de costumbre, y me faltaba la energía necesaria para llevar la ceniza acumulada hasta el montón de la esquina, cuyo crecimiento observaban, con cierto orgullo, los porteros del barrio. Tiraba las cenizas en el rincón que hay detrás de la caldera y se acumuló muy pronto porque, para quemar la basura, quemaba también mi provisión de carbón. Pero cundió el mal ejemplo, el contagio, un día se apagó el fuego y, bueno, sobre nuestro montoncito particular acabamos por tirar cosas que no eran cenizas y que más nos hubiera valido quemar. En un pisito como el nuestro, aquel amontonamiento de porquería era ciertamente desagradable, tanto más cuanto que empezó a propagarse, a extenderse por todas partes, y no parábamos de barrer en el cuartito oscuro de la caldera. Sobre aquel montón de cenizas echamos de todo, conchas de ostra, pieles de plátano, una lata de conservas vacía, jirones de tela, en fin, un auténtico cubo de basura en libertad. Pero estaba tan cansado...

Y, naturalmente, lo que tenía que pasar pasó. Una mañana, en lugar del montón encontré a un viejo mendigo que me vio atravesar el cuartucho con gesto de reproche, porque no le di ni un céntimo. Había puesto tanto esmero en cobrar forma a partir de la basura que, exceptuando su persona, todo estaba limpio y pulido. Al observarlo de cerca, desolado, reconocí las cenizas en la mugre de su tez grisácea; con las pieles de plátano había moldeado sus dedos lívidos, deformes y temblorosos; con las cáscaras de huevo, el blanco de sus ojos; con los jirones de tela, sus andrajos. Y me tendía ahora la lata de conservas, que le habría parecido práctica como bacineta. Encajaba en el rinconcito a la perfección y comprendí al instante, con el corazón encogido, que no habría modo de sacarlo de allí.

Al día siguiente la huelga había terminado y los camiones de la basura recorrían alegremente las calles. Pero mi mendigo sigue ahí y no sé qué hacer. A todas horas nos vemos obligados a cruzar el dichoso cuartito que da paso a la otra mitad del piso; además, hemos tenido que encender la calefacción y, allí encajonado, no debe de tener frío. Nunca dice nada y apenas se mueve, es sólo que cada vez que pasamos por allí nos tiende con brazo tembloroso su lata de conservas y, a pesar de todo lo que tengo en contra de la caridad, si no llevo nada de suelto vuelvo a buscarlo a la cocina. Nadie se atrevería ya a pasar por delante de él sin darle algo. «¡Bájelo con el resto de la basura! —me dice la portera—. Una vez en el cubo no habrá forma de distinguirlo de lo demás.» Dicho así, parece fácil. Pero no tengo una pala tan grande y lo veo tan a gusto allí, arrimado a la caldera... Tal vez se vaya cuando apaguemos la calefacción.

Los gatos tienen mucha suerte. No lo ven, no saben que está ahí y duermen en el mismo sitio que él.

¡Como si no tuviésemos ya suficientes problemas!

El astrólogo chino

El astrólogo chino consume sus años calculando la fecha de su muerte. Cada noche, hasta que raya el alba, acumula signos, cifras. Va envejeciendo, ajeno a sus semejantes, pero sus cálculos avanzan. Está a punto de alcanzar su objetivo. La astrología va a revelarle la fecha de su muerte. Y una mañana se le cae el pincel de la mano. Se muere de soledad, de cansancio, puede que de remordimientos. Le quedaba una suma por hacer.

Permítanme comparar al astrólogo chino con el intelectual aquel que murió de agotamiento a una edad temprana, porque aparte de tener un trabajo mal pagado, absorbente y abrumador durante el día, invertía hasta el último de sus momentos de asueto en preparar una edición crítica, monumental y definitiva de *El derecho a la pereza* de Lafargue.

En las fronteras de la escayola
(notas sobre el sueño)

Me despertó y la asesiné...

El durmiente es un pequeño moridor; quien lo despierta, un gran vividor.

El hombre al que se despierta siempre puede alegar legítima defensa.

El hombre que sueña no duerme. No se puede hacer todo a la vez.

Al sueño nunca se sube, siempre se cae en él, se hunde uno en él. Es una casa lúgubre profundamente excavada en el suelo. Dichosos los que han alquilado el último piso, el más profundo, donde nadie puede ir a molestarlos. Las ventanas dan al interior y la tierra negra llega hasta los cristales. En el centro del piso, aislado por pasillos sin fin, el dormitorio. La cama está en una cavidad a la que se entra por una especie de escotilla, como en los submarinos. Un silencio que se puede cortar a cuchillo gira lentamente sobre sí mismo embadurnando las orejas y los pulmones. Sí, no es el aire habitual, de cada día, el tuyo en particular.

Por una extraña ósmosis, el hombre que duerme aplastado contra la tierra adquiere de ella ciertas cualidades, se mineraliza. Un hombre que duerme desnudo rara vez deja de asemejarse a una estatua. Es de piedra o de barro, y corre por sus venas una sangre más blanca. Se decía que el sueño era una forma de asfixia. Es más bien una petrificación.

¿Cómo es posible, entonces, que uno de los más siniestros granujas de la historia, el hombre que desangró, empobreció, aterrorizó, encadenó y ridiculizó a Francia, nuestra patria, (antiguamente, la Galia), sea hoy objeto de la más devota veneración por parte de todos y cada uno de los franceses (por no hablar de los extranjeros)? Es porque nunca dormía. Napoleón no dormía. ¡Qué genio! Trabaja mucho, hijo mío, a lo mejor un día también dejas de dormir.

¡Oh, rabia! ¡Oh, tristeza atroz! El Hombre inventó al santo y quiere ser un santo a cualquier precio, por todos los medios. Cualquier cosa, con tal de no ser un hombre en el mundo, viviendo una vida de hombre.

El culto al santo y al héroe ha causado, por sí solo, más estragos en la humanidad que el alcoholismo y la sífilis juntos.

Las más grandes coerciones sociales, las primeras que el futuro tendrá que disolver: el despertador y la guillotina. Dos accesorios poco más o menos idénticos que, además, se complementan. El que va a despertar al condenado a muerte ha sido a su vez despertado por un despertador. Así pues, sin despertador no hay guillotina. Por otra parte, si cada cual durmiese a discreción, se acabarían los crímenes. Imaginemos que toda la humanidad se despertase una mañana habiendo dormido bien. ¡Qué alboroto! ¡No habría sistema social que pudiera resistirlo!

Trocado en despertador el tonel que tiene por panza, el Ángel de lo Insólito me cita como un torero. Cegado, atontado, desesperado, con los miembros rotos, con una máscara de engrudo y dos ganchos de hierro al rojo en la nariz, me lanzo y tropiezo con el señuelo que me presenta: un capote blanco sobre el que se dibuja vagamente la esfera de un reloj.

Cuesta imaginar a un hombre satisfecho de que se lo calificara en público de «bueno». (No entiendo «bueno» en su sentido más corriente, como sinónimo de «idiota». Lo entiendo en el sentido de «bueno». Ejemplo: el hombre nace «bueno».) Los novelistas nunca han perdido el tiempo contando historias de hombres buenos. Sólo algunos personajes de Dickens, en particular los hermanos Cheeryble (en *Nicholas Nickleby*), son cabalmente buenos, lo que por otra parte les confiere un aspecto irreal, molesto hasta la obscenidad. Supongo que todo el mundo ha olvidado a los hermanos Cheeryble, los únicos hombres buenos de la literatura universal, y a nadie le interesa saber cómo los veo. He de decir, con todo, que no pueden ser sino espantosamente albinos, con el cuello sembrado de caspa. De sus apacibles ojos rojos manan sin cesar lechosos lagrimones que se deslizan sobre la lana viscosa de sus chalecos. En torno a ellos flota un ligero y vomitivo aroma, el olor mismo de su bondad. Me dieron la mano una noche, bondadosamente, sobre el puente de un barco carbonero, cuyo castillo de popa era un templete griego de líneas puras. Tras las columnas del pórtico iban y venían fieras imprecisas, pero temibles.

La irritación de quien se oye calificar de «bueno», sobre todo en público, es justa y no sorprende a nadie.

Aceptada esta premisa, imaginemos la siguiente experiencia, aunque no la consideren tan peligrosa.

Ante un gran número de personas y, a poder ser, en presencia de la mujer a la que adora y desea rabiosamente, decidle al hombre en cuestión: «Anoche le vi dormir. ¡Qué sueñecito tan bueno! ¡Qué bien dormía! ¡Hay que decir que cuando usted duerme, duerme!».

¿Qué sucederá? El aludido se sentirá más ferozmente herido que si lo hubiesen tratado

de bueno. Aunque haya compartido con uste-
des el pan amargo del exilio o los sofocantes
peligros de una expedición espeleológica, de
ahora en adelante pueden contar a ese hombre entre sus enemigos. Les hostigará por
siempre jamás con su odio envenenado. Evi-
ten las calles desiertas, abran con sumo cuidado los paquetes anónimos, desconfíen de
las velas rosadas que despiden espesas hu-
maredas. Expatríense si se lo pueden permitir.
Y aunque se crean a salvo, tengan cuidado con
los vendedores de tarjetas transparentes de
Suez, con el aguador de las esclusas de Gatún,
con el ascensorista del Taj-Mahal y el pastor
de llamas.

El hombre no descansará hasta que haya
eliminado a quien lo ha visto dormir.

¿Por qué?

Porque el hombre no quiere dormir, porque
no quiere tener sueño. Si la Iglesia hubiese situado la principal renuncia en la abstinencia
del sueño en lugar de ubicarla un poco más
abajo, la Tierra no sería más que una inmensa
capilla. Por una vez, la Iglesia se habría acomo-
dado al deseo más íntimo de sus feligreses. El
hombre se avergüenza de su sueño, niega haber dormido.

Después del amor, el sueño es la empresa
que con más ardor combate la sociedad entera.
La visión del durmiente irrita al hombre, pues

le recuerda que él también duerme y en menos de doce horas también sucumbirá.

Ese hombre que duerme se nos hurta. El prisionero que duerme sin soñar es más libre que el carcelero que, con el llavero al cinto y los ojos ardientes de sueño, recorre los pasillos de la cárcel y va de una celda a la otra, igual que el gusano que repta de caverna en caverna por un pedazo de gruyer. ¡Qué profunda oscuridad debe de reinar en el centro de la burbuja de aire cautiva en el eje de una rueda de gruyer de quinientos kilos!

¡Pero ojo! ¡Sin soñar! El hombre que sueña ya no es un muerto en vida, consciente de su propia muerte. Sueña, vive, vive tal vez la única auténtica de sus dos vidas, en cualquier caso vive, y no se ve en qué podría distinguirse del hombre despierto que será dentro de un rato. Soñar prolonga la vida y degrada el dormir de forma espantosa. Ahí tenemos otra vez al hombre arrojado a las bestias, al frío, a la interpretación psicoanalítica, a la compaginación, a los remordimientos; en una palabra, a la poesía.

Queramos o no, hay un dormir sin sueños. Un dormir inexplotable que sitúa al hombre cósmicamente en su verdadero lugar en el mundo.

El hombre es un girasol, es la gran obviedad que ha pasado desapercibida. Dicho esto, el resto es fácil de inferir.

Consideremos el hombre a mediodía. Está de pie. Sobre su cabeza, el sol. No digo que ese hombre no preferiría conservar esa actitud por toda la eternidad, pero, si no puede, la culpa no es mía, no fui yo quien montó esta barraca, las cosas no son así. Al poco tiempo, cuando la Tierra haya girado (o el sol, este detalle no acaba de estar claro), el hombre habrá perdido su armonía. Continúa viviendo de pie, pero su cabeza sigue al sol como la aguja al imán. Y cuando el sol se pone en el horizonte, se acabó. Todos los esfuerzos que haga el hombre por mantener la cabeza sobre la línea de ese horizonte, bajo el que se hunde el sueño, es decir el sol, serán esfuerzos contra natura. Quiera o no, se tumbará en el suelo para reposar su pesada cabeza de la que tira el sol, desde el otro lado de la Tierra. Que permanezca en pie, si se atreve. Sentirá a través de todo su cuerpo, hasta su cerebro, la irresistible atracción que sólo se disipará con el alba. Y entonces su cuerpo, fatigado por la lucha, cederá al maligno sueño diurno, al sueño hueco y atormentado, al sueño ilegal, al sueño de quien defiende su sueño contra el sol.

Tal vez no tengamos que saber lo que sucede durante la noche. Por eso es tan fácil ser poeta cuando se habla de la noche, ese mundo desconocido. Y los poetas no se han privado de explotar ampliamente ese rico filón. Duerma tranquilo, nosotros exploraremos por usted las

Jean Ferry

noches de los maleficios, del amor, de la rebelión, dicen los poetas, y fondean en las riberas
de esa isla misteriosa como advenedizos, como
conquistadores, arrasándolo todo a su paso,
explotando las inmensas minas de los sueños
sin preocuparse del porvenir.

Pero a nosotros aún nos quedan unas cuantas noches negras; en sus tinieblas no han querido o no han sabido ver nada. Noches de espesa tinta. En su cálido manto y en sus banquisas
heladas nadamos tranquilamente, rozando al
pasar arrecifes de noche que sólo nosotros co-
nocemos, acariciando los peces nocturnos del
sueño, familiares y negros, en la negrura de las
cámaras negras enlutadas de estrellas negras.

Homenaje a Baedeker

Qué triste es el país de los pescadores de pájaros... No había vuelto desde mi infancia... Papá nos llevaba allí de vacaciones todos los años, hasta que sus negocios fallidos, en fin... Pero qué cambiado está todo... Tal vez sea yo el que ha cambiado. He visto tantas cosas desde entonces, las he visto de todos los colores, y no tardaré en verlas en relieve, al parecer. Guardaba recuerdos tan maravillosos de aquellas vacaciones... ¿Por qué habré regresado?

En realidad, una vez franqueadas las montañas, se atraviesan durante horas vastas llanuras grises que tal vez no sean más que ciénagas deshabitadas. El tren no se detiene en ninguna parte, así que no hay manera de comprobarlo. Y el cielo siempre está encapotado y desvaído sobre el país de los pescadores de pájaros, es pura melancolía.

Tampoco me esperaba que los pescadores estuviesen tan viejos, tan cansados. ¿Lo estaban ya en mi juventud? En cualquier caso, es muy interesante, y me alegro de habérselo enseñado a mi hijo porque pronto no quedarán pescadores de pájaros y habrá desaparecido otra vieja tradición, otro viejo oficio, con sus

viejas costumbres y sus usos sencillos, masacrados por el progreso.

Viven en casas bajas, a la sombra de las fábricas de conservas, pero lo que confiere a sus aldeas ese aire tan peculiar es el cobertizo que se alza al fondo de cada patio o en el extremo de su escuálido jardincillo y donde se balancea el globo, la única fortuna y el sostén de la familia. Los más pobres ni siquiera tienen una casa y duermen en el cobertizo sobre viejas cámaras de aire en desuso.¡Cómo hacen durar esas cámaras, que la abuela se pasa el día remendando con disolución, retales de lona y bramante de zapatero consumiendo la última luz de sus ojos! Por supuesto, el espectáculo es de lo más pintoresco cuando los globos parten a la pesca de buena mañana, con sus zurcidos multicolores. Pintores llegados de muy lejos lo reproducen incansablemente en cuadritos que a veces se venden carísimos en París. ¿Pero quién se acuerda de todo el trabajo y toda la angustia que se esconde tras su pintoresquismo abigarrado?

Lo mismo sucede con el gas que usan para inflar el globo. Nadie se lo regala a los pescadores. Por una de aquellas casualidades, son los de las fábricas quienes lo venden, y fijan el precio a su antojo. Así tienen sometida a su mísera población. Todo se confabula para abrumar al pescador de pájaros. Si la pesca ha sido mala, si ha habido fuertes vientos y los globos han tenido que permanecer una semana sin hacerse al cielo, los precios suben, naturalmente, pero los conserveros suplen las pérdidas vendiendo el gas más caro. Y si la pesca es abundante, lo que baja es el precio del pájaro. A veces baja tanto que los pescadores prefieren devolver al aire el producto de sus fatigas, antes que cederlo a un precio miserable. Para los fabricantes, no obstante, todo es beneficio. En la gorrionería (donde trabajan por un mísero salario las hijas de los pescadores, los niños y los enclenques), los patrones de antaño, que eran más humanos, les dejaban las cabezas (que no se enlatan) al personal. Ahora las revenden a los comerciantes de carbón. ¡Qué se le va a hacer! Es el progreso, según dicen.

¡Y qué decir del cebo, cuyo precio sube sin parar! Para cebar, hay que emplear grandes cantidades, hay que soltar moscas y mariposas por millares, y gusanillos, que no tienen ningún motivo para volver a la canasta antes de que una bandada de pájaros se abata en torno al globo. Antiguamente se solía pescar de noche, con luciérnagas. Pero eso también se ha ido abandonando. Pocos, muy pocos pescadores son lo suficientemente ricos como para permitírselo. Y cuando no hay suficiente dinero en casa y hay que economizar el gas, el globo sólo se infla a medias, con lo que no sube muy alto. Se arrastra, flácido, rozando las copas de los árboles, allí donde los pájaros, ahítos de insectos arborívoros, no son fáciles de atrapar.

A pesar de todo, aman su duro oficio. Podéis preguntarle qué quiere ser de mayor a cualquiera de esos mozuelos flacuchos que veis pingonear por las calles vestidos con viejos trozos de caucho o tocados con un pedazo de válvula haciendo flotar un globito en las corrientes de aire, que hasta el último os contestará: «¡Pescador, como papá!». Y su pobre madre se angustiará mirando el cielo desierto, al caer la tarde, mientras espera el regreso de la flotilla. Con demasiada frecuencia, el cielo es inclemente... No siempre es posible luchar contra los elementos desatados, los paracaídas son muy caros, nunca los hay a bordo de los globos de pesca y es raro el pescador que sabe volar. En el pequeño camposanto, detrás de la fábrica de gas, hay más de una tumba vacía donde sólo una cruz de madera y la inscripción «muerto en el aire» guardan el recuerdo del hombre que nunca regresará al hogar a comer su magra sopa de pájaro.

¡Y qué admirable solidaridad! Sólo hay que ver, las noches de fuerte tempestad, a los valientes socorristas correr hacia el globo de salvamento y lanzarse al cielo arriesgando su propia vida para socorrer al camarada en apuros, cuyo esquife a la deriva, perdiendo gas por todas partes, naufraga lentamente entre las nubes asesinas.

Al anochecer, durante la velada, se cuentan historias de antaño que hacen temblar a los chiquillos que simulan dormir en la vieja canasta. Se habla de la gran serpiente del aire que engulle los globos de un bocado. Se maldicen los aviones de carga que cruzan sin ningún miramiento los campos de nasas amarradas a pequeños globos, que han desaparecido cuando los pescadores van a recogerlas por la mañana... También se cuenta la historia de aquel pescador que partió un día y no regresó hasta al cabo de veinticinco años. Su mujer había muerto, sus hijos no lo reconocieron. Devalado por la tempestad lejos de las rutas habituales, su globo embarrancó en una nube desierta. Allí, gracias a los prodigios de su ingenio, el hombre valiente y tenaz consiguió sobrevivir alimentándose exclusivamente de palomas mensajeras y bebiendo con gran parsimonia (por miedo a consumirla) el agua de su nube, hasta que un avión de exploración lo rescató por pura casualidad. Se llamaba, según dicen, Robinson Crusoair.

Algún anciano habla de los tiempos en que los globos se iban lejos, más allá de los mares, y permanecían ausentes meses y meses... Partían a las cordilleras americanas a pescar cóndores, por eso los llamaban *condorcets*. ¡Eran hombres muy rudos los que montaban en aquellos globos! Hoy el cóndor se caza con aviones modernos y los pescadores franceses ya no tienen ninguna posibilidad. La salida y la bendición anual de los *condorcets* era un espectáculo pintoresco y conmovedor. Durante el viaje de regreso, los hombres cantaban a coro la triste tonada del Globo-Fantasma o esculpían, en viejos pedazos de bombona, esas maravillas de habilidad e ingenio que hoy sólo se encuentran en los anticuarios: el globo en botella.

Pero ya no se va a pescar tan lejos. Para empezar, los aires territoriales están vigilados estrechamente. Además, las cajas frigoríficas para conservar las aves son caras y pesan demasiado para despegar... Los pescadores ya sólo salen por breves periodos, sobre todo desde que se les prohibió a los gorrioneros transitar por el aire de las ciudades, donde la pesca era más fructuosa. A pesar de todo, durante un tiempo los hubo que se arriesgaron a hacerlo y nuestros abuelos se acuerdan de aquellas masas negras de la noche que a veces entreveían en las sombras, cuando regresaban tarde a casa. Eran gorrioneros furtivos que merodeaban clandestinamente por el Bulevar de Luxemburgo o la Plaza de la Concordia.

Sí, era una vida dura, honesta y sencilla la de los pescadores de pájaros, lejos de las malsanas tentaciones de la ciudad. Con el corazón encogido, dejo atrás este país de folclore peculiar y noble población, cada vez más reducida y privada de medios de subsistencia, que muy pronto no será más que un recuerdo...

Rapa Nui

Llegué a la Isla de Pascua el 13 de febrero de 1937. Hacía treinta años que esperaba aquel momento, treinta años que, a través de los vaivenes de mi vida, pensaba en las ganas inmensas que tenía de ver la Isla de Pascua, suponiendo que no iría nunca, que era muy complicado, que era un sueño insensato. Y aquel 13 de febrero de 1937 pisé el suelo de la Isla de Pascua porque hay que desear las cosas con suficiente obstinación para hacerlas realidad.

Hacía treinta años que lo planeaba, es comprensible que tuviera el programa bien atado de antemano. Por otra parte, no había tiempo que perder puesto que el buque escuela chileno que me había llevado hasta allí sólo hacía una escala de dos días. No miento si digo que, bajo aquel extraño sol pálido, temblaba de emoción; no acababa de convencerme de que no se trataba del sueño de siempre, del sueño donde sueño que llego a la Isla de Pascua temblando de emoción bajo un extraño sol pálido. Pero era todo real: el viento y el acantilado negro y las ondulaciones de los tres volcanes. Era verdad que no había árboles, ni fuentes. Y, fieles a la cita concertada en la noche de los tiem-

pos, las grandes estatuas me esperaban en las laderas del Rano Raraku.

Sé que, para no decepcionar a nadie, debería describir aquí la espantosa amargura del deseo extinto, cumplido. He de decir que, cara a cara con las hermanas del Rompeolas,* comprendí que no merecía la pena haber esperado tanto y haber venido de tan lejos para una cosa tan sencilla, tan real. Tendría que quejarme de los insectos, del pequeño y sucio pascuense que se obstinaba en ofrecerme estatuillas de vientre cóncavo terminadas la víspera. Allá los desesperados de nacimiento. Por otra parte, lo que yo fui en el fondo del cráter a nadie le importa. Sencillamente supe por qué estaba allí y por qué, durante treinta años, lo había deseado con tanta obstinación. Y allí estaba. Por fin...

No hay una sola línea de lo que precede que sea cierta, salvo que hace treinta años que me gustaría ir a la Isla de Pascua, donde sé que algo me espera. Pero no he pisado aún la isla y no creo que lo haga jamás.

---

* Nombre dado a una estatua de la Isla de Pascua que se conserva en el Museo Británico. *(Todas las notas que siguen son del traductor.)*

El maquinista

Hace mucho tiempo que circula este tren, caballero, mucho tiempo. Ha de saber, por cierto, que no puede usted permanecer en mi plataforma. ¿Cómo es que no viene acompañado de un responsable de locomotoras? El reglamento es taxativo en ese punto, como en todos los demás; de otro modo, no tendría razón de ser. Insisto. Usted, que es completamente ajeno a los ferrocarriles, créame que no puede permanecer sobre una locomotora en marcha sin tener a su lado a alguien que se responsabilice, alguien de rango superior. Para empezar, ¿cómo ha llegado hasta aquí? Ah, ¿no lo sabe? Es verdad que desde que partió este tren todo ha cambiado tanto... En todo caso, no puede usted bajarse en marcha, ni usted ni nosotros ni nadie. Hoy día pasan cosas muy raras, me dará la razón, y eso que hace treinta años que soy del oficio.

No es nada, es el timbre de la alarma. Al principio me preocupaba, pero a todo se acostumbra uno. Ya parará. Antes no paraba nunca. ¡Ya se imagina, cuando vieron que continuábamos rodando sin llegar a parte alguna! Luego tuvieron que resignarse. Yo no tengo la culpa, en todo caso, y han terminado por darse cuenta. Lo que pasa es que de vez en cuando vuelve a darles por ahí, pero ya no insisten mucho. A menos que se trate de una crisis, entonces estalla una especie de frenesí. Suena durante una hora seguida, con desesperación. Sí, con desesperación. Le extrañará, pero ya lo ve, también se acostumbra uno a los timbrazos de la alarma. Si uno conociese a los que están colgados al otro lado del hilo, acabaría por distinguirlos. Pues verá, me da la impresión, y me dirá usted que tan sólo es una idea y que de todas formas hay cosas que son imposibles, me da la impresión de que a veces son nuevos, de que en cuanto lo comprenden se ponen a darle al timbre a pesar de las advertencias de los demás, que les explican que no sirve de nada. Como bien dice, no es más que una idea. Porque igual que no se puede bajar, tampoco se puede subir, ¿verdad? ¡Ah! Lo ve, ya para.

No podemos ir en busca de noticias. No tenemos forma de abandonar la plataforma, eso está claro, ni yo ni el fogonero, y los demás no pueden venir, o no se atreven. No suele uno preocuparse mucho de lo que arrastra, sea un tren de lujo o vagones de cemento, pero he de decir que esta vez he pensado en el convoy más de lo que debería. Por otra parte, sólo puedo verlo en las curvas y no mucho al mismo tiempo. Y, además, ¿qué quiere usted que distinga en esta noche de nunca acabar que no parece

tener fin? Antes me daba tiempo de verlos ges-
ticular en las puertas, y los había incluso que
iban agarrados a los estribos, pero cuando se
acabó la electricidad las cosas volvieron a la
normalidad. Si aún los hay que tratan de llamar
la atención, ya no los veo. Aunque es como si
los viera. Aparte de eso, todo marcha regular-
mente. Habrá alguien que se ocupe de la vía.
Todo está en orden y no me he saltado ni una
señal. No puedo decir que el paisaje me sea extraño, es como una llanura que atravesé en mi
infancia y que continuamente vuelve a pasar.
La cinta del velocímetro continúa funcionan-
do, no se agota. Quien la verifique cuando lle-
guemos va a tener un trabajo de aúpa. Carbón
parece que habrá de sobra. Se diría que crece,
que cría. Si dejamos de quemarlo rueda sobre
la plataforma, te llega primero a los tobillos y
luego a las rodillas, es la peste. Antes lo tiraba
al balastro, a paladas, pero reaparecía el doble.
Lo mejor es quemarlo, para eso está hecho,
¿no? Es sólo que ya no hay frenos ni marcha
atrás, y debo pedirle que crea que seguimos la
ruta. Afortunadamente, la vía siempre está des-
pejada y no hay estación que se interponga en
nuestro camino. No he visto ni una desde que
salimos. Otro tanto sucede con el agua.

Mi fogonero no parece mal tipo y no es ningún gandul, eso está claro. Pero no hay mucha
complicidad entre nosotros. Es su primer viaje

conmigo y tengo por principio no hablar con los nuevos fogoneros durante el primer viaje. Así puedo verlos venir. Además, bastante trabajo tiene con ese carbón que trata de ahogarnos o tirarnos abajo. Me pareció oír que se llamaba Edmond.

¿No vendrá usted del tren, por casualidad?

Vaya, se ha esfumado. Qué pasajero más raro. Me pregunto por dónde saldría el sol si un día le diera por amanecer. Parece que en América llevan un teléfono en las locomotoras que comunica por los raíles con las estaciones. Con un chisme así... En fin...

A fuerza de viajar sin parar, uno se cansa, aunque sea concienzudo. A fin de cuentas, ¿qué significa todo eso? Uno envejece, sí, y se cansa. Estoy tan cansado que si se agotara el carbón y tuviera el westinghouse* donde corresponde, al alcance de la mano, y este tren se detuviese de una vez, me pregunto si me bajaría de la locomotora. ¿En qué país estaríamos? ¿Cómo volvería a casa? Después de tantas noches, ¿volvería a encontrar a los que dejé atrás, no para correr aventuras, sino para ejercer mi oficio? El fogonero puede hacer lo que le venga en gana. Yo no me apeo.

---

* Freno neumático ferroviario inventado por George Westinghouse hacia 1870.

Los carbunclos

No sé qué son los carbunclos. Esta noche he olvidado por completo el sentido de la palabra carbunclo, pero le doy vueltas y revueltas en la cabeza como si fuese una piedra incandescente. Sea como sea, los carbunclos son algo que le va perfectamente a la mujer que amo.

Recuerdo un cuento de Navidad que trataba de carbunclos. Era una historia policiaca muy inglesa; había caminos del extrarradio londinense llenos de barro, a la luz de las farolas, y una gallina blanca que se había tragado un diamante azul.

Tirando de ese recuerdo de gemas, mi memoria intenta persuadirme de que el carbunclo es una piedra preciosa. Tal vez sea el escarabajo de oro de los bucaneros, que luce en la oscuridad. Ejemplo: Lila caminaba por la noche brasileña, su roja melena llena de carbunclos fosforescentes.

Pertenezcan al reino al que pertenezcan, los carbunclos son nobles y ardientes. A nadie se le ocurriría llevar carbunclos en la mano. Se le consumiría inmediatamente con un horrible olor a carne quemada. Un collar de carbunclos calcinaría el pecho de la mujer que lo luciera, pero se apagaría, impotente, en los senos de Lila.

Seguro que me equivoco. Puede que los carbunclos sean animales del Ártico, una mezcla de morsa y caribú, y no tengan nada más que hacer que errar por la niebla, en busca de un liquen húmedo de color verde grisáceo. Hay tanta niebla donde habitan que nadie los ha visto. Pero no, nada de eso, los carbunclos son como ella, abrasan. Es ese policía, con el humo de su pipa, el que me ha metido la niebla en la cabeza, la niebla que impide distinguir el Támesis de sus muelles.

Los carbunclos tampoco son esa especie de insectos globulosos que se rebajan a discutir con las águilas. ¿Y bien?

Los carbunclos sólo pueden ser las ondulaciones escarlata de su cabellera o las palabras escabrosas que pronuncia a veces con su boca escandalosa.

Al borde del llanto

A la edad en que uno se interesa por los relatos novelescos, a todos nos interesó la historia de aquel personaje a quien Dios le dio, como él mismo relata, un rostro de hiena, labios de bronce, pupilas de jaspe y un órgano reproductor mucho más parecido a la víbora letal que a un falo inofensivo. Entre otras particularidades de un carácter que parece haber sido difícil, ese individuo, enzarzado a lo largo de su breve y desdichada existencia en lo que él llama «las membranas verdes del espacio» (expresión sobre la cual declinamos toda responsabilidad), insiste en hacernos saber que le era imposible reír. No referiré aquí el curioso experimento que sigue a esa confidencia y cuya herramienta principal es una hoja de afeitar bien afilada. El caso del que quiero escribir hoy es del todo análogo, es decir, completamente opuesto.

Se trata de un amigo muy querido, al que por comodidad llamaré Jean, que nunca había conseguido llorar. Su caso me parece aún más extraño que el del héroe polimorfo del que hablábamos, porque es evidente que las ocasiones de llorar son mucho más frecuentes que las de reír.

Y sin embargo, hasta los cuarenta y dos años, por muchas ganas que tuviera, Jean no pudo extraer de sus glándulas lagrimales una sola de esas gotas que algunos describen como rocío del corazón y otros, más fieles a la verdad, como un líquido compuesto de moco, agua, sal y fosfato de calcio. Como el resto de sus semejantes, contaba con excelentes motivos para llorar. Había dejado atrás su infancia, una infancia en la que había padecido incontables decepciones; durante su adolescencia había sufrido injustamente (¿acaso hay sufrimientos justos?); había perdido a seres queridos, como es de rigor, y había visto triunfar a quienes despreciaba y odiaba. Había conocido incluso alguno de esos dulces éxtasis, de esos impulsos vagos y generosos que, con la ayuda del claro de luna o la contemplación del océano, empañan los ojos del más seco de los mortales. Y nada, ni una gota. Uno tras otro, los médicos no podían sino constatar el estado físico absolutamente normal del paciente, portador de un par de glándulas lagrimales en perfectas condiciones.

Pero ese hombre, al que la naturaleza había negado el común consuelo cuando murió aquélla a quien más amaba y su mejor amigo lo traicionó y lo arruinó, cuando vio representar los dramas más melancólicos y en el colmo de la miseria, una mañana de invierno, tuvo que ponerse en los pies entumecidos unos calcetines agujereados, lavados a escondidas la víspera, con agua fría, en el lavabo del hotel, unos calcetines que estaban lejos de estar secos (y hay poca gente que en tales circunstancias no haya derramado al menos una lágrima de autocompasión), ese hombre, a quien un golpe de suerte inesperado llenó de un inmenso desprecio por sus ruines aduladores, que le hicieron perder toda su confianza en la bondad humana (pérdida que cualquiera hubiese subrayado con un llanto), ese hombre que, honesta y sinceramente, se había pasado la vida entera tratando de llorar en cada coyuntura favorable y jamás lo había conseguido, ese desdichado, una tarde de otoño, se echó a llorar.

Los motivos se conocen. Las pesquisas han revelado que un tendero, al que había pedido cien gramos de sal con una cortesía tal que podía pasar por anticuada, un tendero en cuyo comercio había entrado confiado y a quien había abordado con benévola simpatía, dispuesto a brindarle su amistad fraternal a la menor ocasión, le había respondido con la más innoble brutalidad: «No nos queda sal». El hombre que nunca había podido derramar una lágrima volvió a su casa profundamente afectado, y se echó a llorar. Estuvo llorando una hora, en el orden inverso de los hechos, por la maldad del tendero, por la infamia de la raza humana, por la infidelidad de

Gustavo, por la muerte de aquélla a quien había adorado, por la muerte del tío Tom, por la de la Dama de las Camelias, por sus calcetines húmedos, por las letrinas que había limpiado cuando no le tocaba, por su peor calificación en la clase de geografía, por su primer diente. Lloró una hora, luego otra y otra más, y, cuando se acostó, seguía llorando. Por la mañana, su pena había amainado un poco, pero constató que había llorado mientras dormía y que la almohada estaba como para escurrirla. La escurrió, llorando, y no empezó a preocuparse de verdad hasta el atardecer de aquel nuevo día. Se había desquitado de todas las penas de su vida, pero seguía llorando, era agotador. Tras una noche de angustia y lágrimas, fue a consultar al médico, que le aconsejó reposo para cubrirse las espaldas.

Jean se encerró en su habitación y pasó largos días derramando lágrimas monótonas y regulares que, a fuerza de caer sobre la mesa, acabaron por echar a perder la madera. Adelgazó y palideció en su soledad, y en la Facultad de Medicina, que seguía con estupor el desarrollo de aquel fenómeno insólito y monstruoso, acabaron por concluir que no tardaría en deshacerse por completo en llanto. Eventualidad tanto más molesta cuanto que Jean había recuperado el gusto por la vida, como suele decirse, se divertía con cualquier cosa y lloraba de risa leyendo libros cómicos.

Pero el tendero, al enterarse por casualidad de que había sido la causa indirecta de aquel suceso que copaba las columnas de la prensa, fue presa de los remordimientos. Como no se atrevía a presentarse en persona ante su víctima, le mandó por correo, junto a una nota de disculpa, un cucurucho de sal especialmente refinada. Llegó con el correo de las ocho de la mañana.

A las nueve, al entrar en la habitación de Jean, la señora de la limpieza retrocedió horrorizada y se desmayó, dejando caer los baldes y esponjas que usaba cada día en grandes cantidades. Los miembros de mi desdichado amigo, su cabeza y sus entrañas estaban desparramados por las cuatro esquinas de la habitación, entre salpicaduras y objetos sobre los que más vale no insistir. No fue fácil arrancarle de la mano derecha la carta abierta del tendero, que, por lo visto, le conmovió tan violentamente que estalló en llanto.

Raymond Roussel en el paraíso

Cuando, tras su muerte, Raymond Roussel llegó al país al que tenía derecho y en el que, desde su llegada, no se reconocía, Julio Verne y Camille Flammarion fueron a su encuentro y lo guiaron amablemente, cogiéndolo uno de cada mano. Caracoleaba ante ellos el caballo blanco, cuyo aspecto reconcentrado dejaba bien patente que conocía su futura posición de cedilla.[*]

Tras ascender durante un buen rato por las vueltas y revueltas de un sendero blanquísimo, se encontraron en plena gloria. Fue entonces cuando la paz del infinito invadió al gran hombre. La gloria que había perdido hacía más de treinta años, esa gloria en cuyo epicentro se había situado para bañar a los ciegos con sus rayos cegadores, lo envolvía ahora por completo. Por una vez se había convertido en la diana de aquellas flechas resplandecientes que convergían hacia él desde todos los puntos del espacio infinito. Se había hecho justicia. Había alcanzado la paz, junto con aquella gloria que

[*] Roussel ideó un mate de alfil y caballo contra rey conocido como «método en cedilla» para distinguirlo del sistema triangular expuesto por Delétang.

había perseguido en vano, a golpe de ridículos expedientes, durante toda su vida.

Y a aquella paz, a aquel descanso de meta alcanzada, no tardó en añadirse otra fuente de felicidad. Raymond Roussel cayó en la cuenta de que su pensamiento seguía ahora sin ningún esfuerzo los complicados derroteros que en otro tiempo lo habían llevado a escribir algunos de sus libros. El recuerdo de aquellas agotadoras, trabajosas, obstinadas elaboraciones que habían tendido entre él y el mundo exterior una fina cortina de acero impenetrable a los rayos humanos más sutiles, de aquella tortura voluntaria y constante que sabía que era el precio a pagar por su excepcional genio, se evaporaba como el sueño consumido de un pretendiente rechazado. Comenzaron a bullir en su interior los bocetos de tantas obras maestras agregables sin esfuerzo a las precedentes que dudó de la legitimidad de aquella gloria desmesurada. ¿Se aplicaría tan sólo a su obra terrenal? En adelante, dado que el mundo exterior concordaba con el suyo, no tendría más que describir lo que veía y seguir con embriagadora facilidad el curso de sus pensamientos, que saltaban con toda naturalidad de pensamientos (ideas) de maravillas (cosas extraordinarias) a pensamientos (flores) de maravillas (especie de buñuelo francés con formas pintorescas).

Más tarde, Raymond Roussel se hizo muy amigo de Dios y hacía de él, para sus íntimos, imitaciones muy logradas que le valieron el aplauso suplementario de los ángeles.

Recuerdos de infancia

¡Ah, los tulipanes de Varlaam! ¡Ah, el cielo gris de Zuyderzee! ¡Y las dunas de arena! ¡Aún me acuerdo! Cuando éramos niños, nuestra madre nos mandaba a jugar al malecón, rogándonos encarecidamente (¡qué azules, qué claros eran sus ojos!) que no pisáramos los campos de flores. Mi hermano pequeño, Pietj, el que se ahogó hace diez años en el Doggerbank, creía que los tulipanes iban a enrollar sus verdes tallos alrededor de sus piernecitas para hacerlo caer. Andaba muy tieso por el camino llano, mordisqueando su rebanada de pan con mantequilla y mermelada, sin atreverse a volver la vista a derecha o izquierda para contemplar la maravilla colorista de los campos en flor...

¡Qué dulces serían aún aquellos tiempos en mi memoria si hubiese nacido en Holanda y si mi hermano pequeño se hubiese llamado Pietj! ¡Con qué emoción contenida evocaría el recuerdo de un afecto que sólo la muerte hubiera podido disolver! Por desgracia, tuve que conformarme con nacer en la Rue Remy-de-Gourmont, un rincón poco conocido del barrio de Buttes-Chaumont donde antiguamente se erigía el estadio Bergeyre. Hay allí un bloquecito de pisos de modesto alquiler, una discreta clínica y varios solares (me pregunto qué habrá hecho la guerra de todo aquello) aislados del resto de París por escaleras desmesuradas que descienden a veces a las calles inferiores entre los más lujosos inmuebles que flanquean esas calles. Todas las tardes, al volver de la escuela, organizábamos terribles batallas en aquellas escaleras (eran los tiempos de los folletines cinematográficos) y cuando nuestros padres bajaban aquellos escalones extenuantes, al acabar la jornada, lo hacían siempre con la impresión de «ir a la ciudad». Porque, en sus alturas, nuestro estadio Bergeyre era un auténtico pueblecito, con su colmado, su farmacia y hasta su comuna libre, fundada por un poeta cubierto de granos y caspa que recitaba en la trastienda del colmado (que cumplía las funciones de taberna) poemas de amor de factura algo anticuada y coplas antigubernamentales «a la manera de los trovadores de la colina rival», como llamaba a Montmartre.

¿Pero qué estoy diciendo? ¿Qué ocultos designios me empujan a tergiversar de este modo la verdad? ¿Por qué no habría de contarla, ya que acabará por aflorar? Mi madre no era ni una pobre y rolliza campesina frisona ni una humilde costurera como la que acabo de imaginar, apocada y menesterosa. (¡Cómo me quería, ésta! Aún siento en la mejilla, cuando enjugaba alguna lágrima, la yema rasposa de su índice, endurecido por veinte años de labores.) Mi madre, por qué habría de ocultarlo, puesto que he decidido ceñirme a la verdad, era miss Florence, y a mis verdaderos padres no llegué a conocerlos...

Miss Florence no les dirá nada a las actuales generaciones, pero aún quedará algún superviviente de la edad de oro (cíngaros y entrada única a 60 céntimos) que recuerde a aquella moza soberbia del Nouveau Cirque que les hizo sentir en la espalda, durante dos temporadas consecutivas, el escalofrío de sus angustias solapadas. Miss Florence salía a la pista en traje de noche, como una heroína de Henry Bataille, y estoy hablando de metros de terciopelo, de encajes y guantes negros de cabritilla con botones de perla, de deslumbrantes hombros de nácar y dos ojos verdes de aúpa cuya mera visión volvía a todos los hombres repentinamente serios, atentos y reconcentrados. ¡Y qué decir de aquel inmenso abanico de cisne rosa! Claro que mamá no lucía su hermoso vestido por mucho tiempo... En dos movimientos de pierna y un movimiento de cadera, ¡zas!, se quedaba en una combinación de satén negro, con las pantorrillas entrelazadas, como una auténtica *bathing-beauty* de Mac Sennett, algo de lo que aún no había noticia por aquellos lares. Aquello propinaba una buena sacudida a todo el mundo, desde los palcos hasta la última fila, allí arriba, desde donde el círculo de la pista no era más que un platillo de luz. Monsieur Loyal no tenía que insistir para que se hiciera el silencio, y a nadie se le hubiera ocurrido reír mientras miss Florence trepaba a la cúspide del circo por su escalerilla de cuerda. A uno se le ocurrían ideas muy conmovedoras mientras veía subir hacia el cielo aquel culo sublime y aquella increíble cabellera dorada y rutilante. Luego la cosa iba muy deprisa: un rayo de luz rosa que rasgaba el aire de arriba abajo, una salpicadura, y miss Florence que surgía, toda sonrisas y piel mojada, de la pequeña bañera en la que nadie habría creído que pudiera entrar de forma tan dramática. Y el aplauso era un modo de sacudirse el miedo que uno había venido a buscar: el de ver cómo aquella dulce máquina apetitosa y aterciopelada acababa convertida en un montón espachurrado de carne sanguinolenta, cuajada de huesos y aullidos...

Durante aquellos años, dependiendo del estado de nuestra tesorería, yo dormía en el camerino, en el Cirque, en el Ritz o en el Hôtel des Enfants de l'Aveyron, en la Rue des Panoyaux. O me iba con los curas, los señores de la Santa Pústula, que fingían ignorar el origen de aquella donación trimestral. Y eso que era dinero honesto con el respaldo de caballeros titulados, agentes de cambio fraccionados e, incluso en una ocasión, un agente sin fraccionar.

Pero yo a los donantes no los veía; de los íntimos de mi madre sólo conocí a una señora rubia, guapa y cansada que vivía a su sombra, consumida por una adoración celosa, y a la que llamaban Marjolaine o Ma Jolie, ya no lo sé.

Hasta que un día (entre nosotros: tenía que pasar) miss Florence aterrizó fuera de su palangana y Ma Jolie me llevó a Inglaterra. Fue ella quien me explicó lo que era el amor. Pero, por mucho empeño que pusiera, yo no debía recordarle más que de manera muy imperfecta a miss Florence, pues una tarde neblinosa de octubre, a los diecisiete años, me encontré completamente solo en los East India Docks ataviado con un triste suéter sobre un pavimento negro y sumamente resbaladizo. Tan resbaladizo que no me quedó más remedio que seguir la pendiente hasta Malaca, Selangor, las heveas y aquel cochambroso tribunal de Morondava donde mi abogado, sudoroso, digno y velludo, se daba palmetazos en el cráneo para aplastar las moscas.

Seamos serios. Basta de bromas... yo nací... un momento... bueno... yo nací... vaya, no lo sé... en cuanto a mi madre, era... ¡pero qué demonios! Creo que, en el fondo, no llegué a nacer.

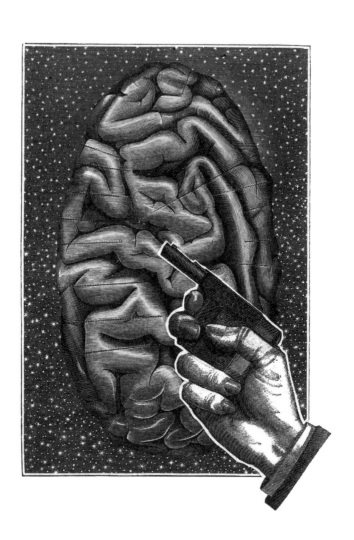

Inconvenientes de los recuerdos de infancia

Cuando el criado volvía a pasar la fuente de puré de lentejas, nuestro huésped, mi amigo K..., lo rechazó con cierta impaciencia y, guiñando un ojo cómplice, dijo: «Lentejas, comida de viejas, si quieres las tomas y si no, las dejas». Unos pocos comensales tuvieron la bondad de reírle discretamente aquel dicho pobre y manido. Su mujer, la más bella entre las bellas, deslumbrante aquella noche con su escotado vestido de plumas de cuervo, le lanzó una mirada de furia tenebrosa que equivalía a una sentencia de muerte. Pero conocíamos a la mujer de K... y todo el mundo, salvo el propio K..., estaba acostumbrado a aquellas sentencias de muerte. K... se puso colorado y comenzó a dar explicaciones con lamentable desenvoltura, porque le habría gustado que lo considerasen muy por encima de todo aquello:

«En serio, creo que me estoy haciendo viejo, hay veces que no logro controlar un molesto automatismo verbal. De verdad que no puedo, cuando me ofrecen lentejas por segunda vez no puedo dejar de responder "lentejas, comida de viejas, si quieres las tomas y si no, las de-

jas". Ya sé que no tiene gracia, que ese comentario idiota va a arrastrarme al interior de un
círculo de opinión del que me costará mucho
salir, pero es más fuerte que yo, lo confieso.
Apenas lo he dicho, y mientras lo digo, sé que
me avergonzaré y que voy a disculparme. Y me
oigo ya ofrecer las disculpas de siempre, porque no tengo otras. La voz de la razón, que no
atiendo como debiera, me aconseja no insistir,
no subrayar yo mismo la estupidez de la broma, que es evidente sin tanto comentario aña-
dido, pero la razón nunca se impone, ni esta
noche ni las anteriores. ¡Qué queréis! Es el primer dicho que oí o, cuando menos, el primero
que registré. Mi viejo tío Schmül, el de Colmar,
lo decía a la menor ocasión, y lo acompañaba
siempre del mismo guiño malicioso y el mismo
regocijo. Ni siquiera tenía que tratarse de lentejas. Añadía un "comida de viejas, si quieres
las tomas y si no, las dejas" cada vez que re-
chazaba lo que le ofrecían. Debo añadir, en mi
defensa, que siempre me explicaba el origen de
aquel pareado, ritual en él, pues era muy buen
hombre, sincero y espontáneo, un poco sim-
ple. Más adelante no le traté con mucha ama-
bilidad. Sé que hablar del tío Schmül no juega
en mi favor, no tendría que haber empezado,
sobre todo si tenemos en cuenta que esta primera excusa es mala y sólo puede empeorar las
cosas, es algo de lo que hace tiempo que estoy

convencido, por experiencia. Porque si hace un momento sólo tenía que justificarme por haber dicho "lentejas, comida de viejas, si quieres las tomas y si no, las dejas", ahora tengo que excusarme además de mi excusa y de haber hablado del tío Schmül. Y lo peor es que aunque me disculparais por ofreceros esta disculpa, no me sentiría disculpado. Porque soy muy consciente de que al querer disculparme a cualquier precio (por algo de lo que, dada la amistad que nos une, a ninguno de vosotros se le pasaría por la cabeza acusarme), con ayuda de argumentos que a nadie le interesan, me veo en la necesidad de excusarme de todo lo que acabo de decir. Y esta tercera petición de clemencia es la que más daño me hace porque la veía venir desde el primer momento en que he pronunciado unas palabras que hubiera preferido callar (habría pagado por ello), y me resulta muy duro sentir, con cada nueva excusa, que empiezo a hacerme realmente pesado, mucho más pesado aún que cuando he gastado esa broma lamentable que ya no hay forma de callar, esa broma que tan tontamente he ofrecido a vuestra hambre de humor, que exige sin duda alimentos menos burdos. Y eso que es la primera vez que oís este alegato, porque será la centésima vez que me pierdo en sus meandros sin llegar a acabarlo, a encontrar el argumento justo que me tranquilice y me persuada por fin de que os he convencido. Como el pobre abogado de una causa perdida que soy, ya os podéis imaginar que no voy a erigirme en acusador. Lo que voy a decir (y pido perdón de antemano a la persona interesada) no es una excusa válida, pero podría ser admitida como circunstancia atenuante. No puedo reprocharle a Violette que se empeñe en incluir las lentejas en el menú de todas nuestras recepciones, a pesar de que así me expone alegremente a una tentación cuyas penosas consecuencias no ignora. Pero el riesgo podría minimizarse, me parece a mí, y hoy vuelvo a constatar, dolido, que no me hace ningún caso, porque siempre le pido que le dé a Óscar la orden de no ofrecerme las lentejas por segunda vez. (Se la di yo mismo más de una vez, como os podéis imaginar, pero lo veía tan obstinado que supuse que sólo aceptaba órdenes de mi mujer.) Ahora bien, es evidente que no corro peligro de soltar mi bromita la primera vez que me las sirve. Sería absurdo decir "lentejas, comida de viejas, si quieres las tomas y si no, las dejas" al hablar de unas lentejas que no puedo dejar. Sólo el tío Schmül... pero no volvamos a ese tema. Vamos, que cada cena espero que, como me ha visto servirme copiosamente la primera vez, Óscar no vuelva a ofrecerme las lentejas. Pero a pesar de mis reiteradas súplicas y de ese esfuerzo personal (porque os lo digo de verdad, detesto las lentejas, por eso nunca repito, no vayáis a creer que es para soltar mi broma), en todas y cada una de nuestras cenas Óscar me pasa la fuente de lentejas por segunda vez y, como habéis comprobado, no puedo evitar responder en voz alta "lentejas, comida de viejas, si quieres las tomas y si no, las dejas", lo que me hunde inmediatamente en el abismo de confusión en el que me veis debatirme en este momento. Podríamos estar charlando inteligentemente sobre mil temas picantes o serios y os veo ahí a todos masticando y mirándome con una tristeza desgarradora que crece por momentos; mis experimentados ojos detectan en vuestra mirada el cansancio, la exasperación, la esperanza de que me calle de una vez. Pero nunca he logrado callar antes de haber expuesto una cuarta excusa y a estas alturas sé que tendré que llegar hasta el final, cueste lo que cueste. No puedo dejar escapar ninguna oportunidad.

»Es evidente que, cuando le he dicho a Óscar "lentejas, comida de viejas, si quieres las tomas y si no, las dejas", mi intención era más bien...»

Fue entonces cuando Violette K..., que se había levantado discretamente de la mesa hacía unos minutos, volvió e interrumpió la cháchara de su marido volándole los sesos. Los demás comensales se pusieron inmediatamente a hablar de otra cosa y nunca llegaré a saber cuál era la cuarta excusa de K...

Fracaso de una ilustre carrera literaria

Además de otros textos de los que apenas me siento responsable (porque los desconozco por completo un segundo antes de escribirlos y me son dictados, por así decirlo, con lo que me resulta imposible reconstruirlos si pierdo el primer apunte), me gustaría redactar una treintena de novelas sin otro objeto que el de incluir en ellas, donde cuadre, ciertas frases que me gustan mucho. No tendré ocasión de hacer nada parecido, a buen seguro, ni siquiera creo que pueda prolongar mucho el sueño de esta empresa. Por otra parte, una vez traída a colación y escrita la frase que me gusta, no hay garantías de que siguiera confeccionando la novela. Tampoco está claro, ni mucho menos, que fuese capaz de hacerlo. Una vez tuve que escribir un folletín, tarea de una dificultad espantosa, y mis primeras pruebas provocaron primero la indignación y luego la hilaridad de quienes debían juzgarlo.

Prefiero deshacerme de una vez por todas de ese batiburrillo de frases, será mucho más rápido que ponerme a escribir unas novelas que no tendrían mucho interés, me parece a mí.

A pesar de ese fracaso, sigo convencido (sin poder aportar ni la sombra de una prueba para

corroborar mi afirmación) de que un deseo similar incitó a ciertos novelistas a escribir sus obras más voluminosas. Me gustaría creer que Victor Hugo (y, en mi opinión, sería su más conmovedora justificación) escribió *Los trabajadores del mar* únicamente para colocar, en el lugar preciso, «en ese momento sintió que le cogían el pie…», frase de lo más terrorífica que indubitablemente (o eso creo) preexistía a la obra. Tampoco me cabe duda de que a Julio Verne le pareció que la frase «era un perdigón…» bien merecía escribir los tres volúmenes de *La isla misteriosa.* Del mismo modo, la frase de cierre de un capítulo «y Federico, estupefacto, reconoció a Sénécal» es, en mi opinión, como debió de serlo para Flaubert, el motivo oculto de *La educación sentimental.* «Se oyen pasos en el techo» dio pie a *Balaoo,* etc.

Sin pretender compararme con esos modelos, habida cuenta de que no he tenido la constancia de sus responsables, reproduzco a continuación algunas de las frases que me habría gustado arropar con una novela.

—¡Pase, amigo, está usted en su casa! —gritó una voz deferente al otro lado de la puerta.

Y Joseph K… entró.

Se vieron por última vez en lo más oscuro de un breve crepúsculo de enero frente a la terraza del Tout-va-Bien, que es justamente el lugar de París donde todo va peor. Nunca la había visto tan pálida, tan delgada.

—¡Chófer, se gana mil francos si llegamos a tiempo de coger el rápido de Marsella en la Gare de Lyon!

Entre la Rue de l'Homme-de-Marbre y la Place Gâtée se extiende un laberinto de callejuelas, alamedas, callejones sin salida y pasajes, y fue allí donde se ocultó de las pesquisas de Decius Mus.

Como no quería que lo molestasen, el marqués de Sade fue a comprobar que la puerta de su calabozo estaba bien cerrada. Estaba cerrada por fuera con doble vuelta de llave. Corrió el pestillo interior, que había obtenido por gentileza del gobernador, volvió a sentarse ante su mesa y se puso a escribir.

De eso hace muchos años. Tras su muerte, el *gentleman* de Scotland Yard fue sustituido por su fantasma, sin que nadie reparara en ello. También murió Bébé-des-Roseaux, y la pequeña Griselda de los ojos claros, a la que los entendidos llamaban Piernas-de-Terciopelo. De aquellos tiempos sólo queda el viejo Pavel, que no ha cambiado mucho, como la decoración. El bastón de aros de papel prensado sigue allí, sobre las botellas de kümmel, donde flotan las lentejuelas doradas. Y, como en otro tiempo, llueve.

«No habrá juicio final —solía decir monsieur Popincourt—. Las lágrimas que los impíos hacen derramar se esparcen por la sombra, el silencio y el olvido, y no serán redimidas. ¡Tanto mejor! El impío le saca a su maldad el doble de rédito. Por un lado, es para él una satisfacción en sí misma y no deja de admirarla, por otro, le permite triunfar allí donde otros fracasan, estorbados por su propia bondad. Para vivir felices, vivamos con maldad.» Así se expresaba aquel hombre bonachón, desdichado y sensible, con quien tanto se había ensañado la maldad ajena. En ese sentido, su mujer era la primera en complacerlo.

Entró en París una hermosa mañana de abril por la Porte des Lilas. «Se acabó el juego y he perdido —pensó—. Volveré solo a Shanghái.»

—¡Tutela tu tutú!

La bestia de Gévaudan reía en la sombra.

Es una vieja historia que aún se cuenta a bordo de ciertos cargueros. No en los petroleros relu-

cientes, claro, ni en los grandes portacontene-
dores americanos. Se cuenta a bordo de esos
cargueros en los que he pasado las horas más
preciosas de mi vida, de esos deplorables uri-
narios ambulantes cuyas planchas combadas
sólo resisten gracias a las capas superpuestas
de pintura negra con las que se intenta calafa-
tear su miseria. Esos cargueros que, cuando se
amarran desvergonzadamente a la popa de un
paquebote, de un yate de recreo o de cualquier
otro barco decente, dan la impresión de ser un
zapato gastado, piojoso y lleno de barro que
rechazaría hasta el último de los mendigos, un
despojo enmohecido que algún niño travieso
ha atado al niquelado parachoques trasero de
un Packard. Esos cargueros que los armadores
en apuros se pasan de unos a otros por un men-
drugo de pan, aseguran por sumas fabulosas,
cargan con montones de madera hasta la última pasarela y envían al Golfo de Gascuña con
las calderas reventadas y en medio de tormen-
tas nunca vistas. Luego el armador de turno
vuelve a casa frotándose las manos y se arries-
ga a prometer un nuevo abrigo de piel para
dentro de poco a la mujer demasiado joven con
la que ha cometido la temeridad de casarse,
porque es verdad que el actual abrigo empieza
a estar un poco gastado. Después de quince
días de sueños dorados, el menesteroso armador recibe un telegrama tranquilizador de su

agente en Lisboa. Tras una difícil travesía que obligará a un par de reparaciones más bien onerosas, el carguero ha llegado a puerto y el capitán ya ha encontrado flete para volver. Y los amigos del armador lo felicitan con fuertes palmadas en la espalda, algo que nunca ha reconfortado a nadie. No será esta vez, ni la próxima, ni nunca. Se necesita por lo menos una guerra para mandar a esos cargueros a pique. Se ríen de los caprichos de la moda.

Volviendo a nuestra historia, parece ser que una cruda noche de invierno de 1883, frente a las costas de la isla Béniguet, seis pescadores del Conquet divisaron, con estupor

El tigre mundano

De entre todas las atracciones de *music-hall* estúpidamente peligrosas tanto para el público como para quienes las presentan, ninguna me produce un horror más sobrenatural que el viejo número del «tigre mundano». Para quienes no lo hayan visto, porque las nuevas generaciones no saben lo que fueron los grandes *music-halls* de la posguerra anterior, recordaré aquí en qué consiste este número de amaestramiento. Lo que no sabría explicar, ni tratar de comunicar, es el estado de terror pánico y abyecto asco en el que me sume ese espectáculo, como en un agua sospechosa y atrozmente fría. No debería poner un pie en las salas cuando ese número (cada vez más infrecuente, por otro lado) figura en el programa. Es fácil de decir. Por razones que nunca he llegado a dilucidar, «el tigre mundano» nunca se anuncia, llega siempre de forma inesperada, o no tanto, es una oscura amenaza apenas formulada que pesa sobre el placer que me produce el *music-hall.* Aunque es cierto que un suspiro de alivio me libera el corazón tras la última atracción del programa, también lo es que conozco demasiado bien la fanfarria y el ceremonial que preceden al número en cuestión, ejecutado

siempre, insisto, como de improviso. En cuanto la orquesta ataca ese vals metálico tan ca-
racterístico sé lo que va a pasar, un peso abrumador me oprime el pecho y siento el miedo
entre los dientes, como una corriente agria de
bajo voltaje. Haría mejor en irme, pero no me
atrevo. Nadie mueve un músculo, por otro
lado, pues nadie comparte mi angustia, y sé
que el animal está en camino. Me parece además que los brazos de la butaca me ofrecen
cierta protección, por irrisoria que sea...

Primero se hace en la sala el oscuro total.
Luego se enciende en el proscenio un proyec-
tor, cuyo tenue cono de luz ilumina un palco
vacío que casi siempre se encuentra muy cerca
de mi localidad. Cerquísima. Desde allí, el haz de
luz va a buscar una puerta al extremo del pasillo que comunica con los bastidores y, mientras las trompas de la orquesta entonan dra-
máticamente la «Invitación al vals», entran
los dos.

La domadora es una pelirroja despampa-
nante, un poco lánguida. Por toda arma lleva
un abanico negro de plumas de avestruz, con el
que al principio se cubre la parte inferior del
rostro; de la oscura franja ondulante sólo so-
bresalen sus inmensos ojos verdes. Con un es-
cotazo y los brazos desnudos que la luz irisa
con una niebla de crepúsculo invernal, la domadora va embutida en un romántico vestido

de noche, un extraño vestido de pesados reflejos, de un negro insondable. Se trata de un vestido confeccionado con una piel de una flexibilidad y una finura increíbles. Por encima de todo ello, la erupción en cascadas de una cabellera flamígera salpicada de estrellas de oro. El conjunto es a la vez angustiante y un tanto cómico. ¿Pero a quién se le ocurriría echarse a reír? La domadora, que juega con el abanico y va descubriendo unos labios puros, congelados en una sonrisa inmóvil, avanza bajo la luz del foco hacia el palco vacío, del brazo (por así decir) del tigre.

El tigre anda de forma bastante humana sobre sus patas traseras; va hecho un dandi, con un traje tan elegante y perfectamente cortado que se hace difícil intuir el cuerpo del animal bajo el pantalón gris con trincha, el chaleco de flores, la chorrera, de un blanco deslumbrante y pliegues inmaculados, y la levita entallada con maestría. Pero la cabeza está ahí, con ese rictus espantoso y los ojos que giran enloquecidos en sus órbitas púrpuras, los bigotes furiosamente erizados y dos colmillos que resplandecen a veces bajo los labios recogidos. El tigre camina muy tieso, con un sombrero gris claro bajo el brazo izquierdo. La domadora se desplaza con paso cadencioso y, si a veces tensa un poco la cintura y en su brazo desnudo se contrae un músculo inesperado bajo el terciopelo leonado de la piel, es porque, con un violento y disimulado esfuerzo, acaba de enderezar a su caballero, que iba a caer de bruces.

Ya han llegado a la puerta del palco, que el tigre mundano empuja de un zarpazo antes de apartarse para dejar pasar a la dama. Y cuando ella toma asiento y se acoda al desgaire sobre la felpa ajada, el tigre se deja caer sobre una silla, a su lado. Llegado este punto la sala suele estallar en entusiastas aplausos. Yo miro al tigre y tengo tantas ganas de estar en otra parte que me echaría a llorar. La domadora saluda gentilmente con una inclinación de su incendio rizado. Comienza entonces el papel del tigre, que manipula los accesorios dispuestos a tal efecto en el palco. Finge observar a los espectadores con unos anteojos, abre una caja de bombones y finge ofrecerle uno a su vecina. Saca un pañuelo de seda que finge oler. Finge, para el gran regocijo de los espectadores, consultar el programa. Luego finge ponerse galante, se inclina hacia la domadora y finge murmurarle al oído alguna proposición. La domadora finge ofenderse y alza con coquetería, entre el suave terciopelo de su mejilla y el apestoso hocico del animal, erizado de láminas de sable, la frágil pantalla de su abanico de plumas. Así las cosas, el tigre finge ser presa de una profunda desesperación y se enjuga las lágrimas postizas con el dorso de su

pata peluda. Durante toda la lúgubre panto-
mima, el corazón me late en el pecho con
desgarradoras sacudidas, porque soy el único
que ve, el único que sabe que ese alarde de
mal gusto no se sostiene más que por un mi-
lagro de la voluntad, como suele decirse, que
nos encontramos en una situación de equili-
brio tan espantosamente precario que cualquier pequeñez podría romperlo. ¿Qué ocurriría si, en el palco contiguo al del tigre, aquel
hombrecillo con aspecto de modesto empleado, aquel hombrecillo de tez pálida y ojos
cansados, aflojase por un momento la tensión
de su voluntad? Porque el auténtico domador
es él, la mujer pelirroja es sólo una figurante,
el número entero depende de él, que es quien
hace del tigre una marioneta, un mecanismo
controlado con más firmeza que si pendiera
de cables de acero.

 ¿Y si el hombrecillo aquel se pusiese de repente a pensar en otra cosa? ¿O se muriera?
Nadie sospecha los peligros que acechan cada
segundo. Y yo, que los conozco, me lo imagino, me imagino... pero no, más vale no imaginar cómo acabaría la señora de las pieles si...
Más vale atender al final del número que siempre entusiasma y tranquiliza al respetable. La
domadora pregunta si alguien se avendría a
confiarle un niño. ¿Y quién podría negarle nada
a una criatura tan encantadora? Siempre hay al-

guna inconsciente que se acerca al palco de-
moníaco con un bebé bien lozano que el tigre
acuna suavemente entre sus patas recogidas,
posando sobre aquel pedacito de carne unos
ojos de alcohólico. Con un estruendo de aplausos, la luz se hace en la sala, el bebé es devuelto a su legítima propietaria y los dos *partenai-
res* saludan antes de retirarse por donde habían
aparecido.

Una vez que han franqueado la puerta, no
regresan a saludar, y la orquesta hace restallar
sus más brillantes fanfarrias. Al cabo de un
momento, el hombrecillo se encoge y se enjuga la frente. Y la orquesta toca cada vez más
fuerte para acallar los rugidos del tigre, devuelto a sí mismo entre los barrotes de la jaula,
que aúlla como un demonio y se retuerce, haciendo trizas su traje de petimetre, que hay
que reponer en cada representación. Hay voci-
feraciones, imprecaciones trágicas de rabia
desesperada, saltos furiosos y horrísonos contra las paredes de la jaula. Del otro lado, la falsa
domadora se desviste a toda prisa para no perder el último metro. El hombrecillo la espera
en un bar vecino a la estación, uno que se llama
Au Grand Jamais.

Por lejana que sea, la tempestad de rugidos
que lanza el tigre enredado en sus jirones de
ropa podría causarle al público una impresión
desagradable. Por eso la orquesta toca a todo

trapo la obertura de *Fidelio*, y el regidor, entre bastidores, mete prisa a los ciclistas cómicos para que salgan a escena.

Detesto el número del tigre mundano, nunca entenderé por qué tiene tanto éxito.

TEXTOS DISPERSOS

Una historia moral

El ministro del Interior y el director general de la policía se reunieron secretamente, so pretextos higiénicos, en el sótano del café Le Français, en el número 78 de los Campos Elíseos. Por la comisura de los labios, la izquierda el uno, la derecha el otro, intercambiaron con disimulo palabras inquietas. Se esperaba a la reina de España en visita oficial y se temía algún descuido de las fuerzas del orden, sobre las que hacía tres semanas que una propaganda subversiva en favor de la filosofía positivista ejercía su perniciosa influencia. El ministro temblaba de miedo mientras se cerraba la bragueta, sobre todo porque recientemente había recibido un montón de cartas, anónimas o firmadas «los Vengadores de Roncesvalles», y todas ellas contenían amenazas terroríficas. Sólo una carta, que le enviaban los niños de la escuela pública de la Rue Panoyaux, le expresaba al gobierno su inquebrantable solidaridad.

El director de la policía convocó al célebre comisario Maigret, que con su mirada incisiva y yendo derecho al grano, le aconsejó al ministro que confiase el caso a alguien más cualificado que él, alguien como el inspector Grabaou, de la B. S. (Brigada Surrealista).

En más de una ocasión Grabaou había dado muestras de una habilidad extraordinaria que no excluía un desarrollo de los valores éticos apreciado en todas partes. El ministro quedó asombrado y recuperó el ánimo. Al fin y al cabo, cabía la posibilidad de que el atentado no llegara a producirse.

Y sin embargo, se produjo. El cortejo bajaba por el Faubourg Saint-Honoré entre los vítores de una parte nada despreciable de la población. La reina, mujer de gran belleza, con manto de armiño, sombrero campana y botas de lagarto, causaba en todas partes una admiración sin reservas y prodigaba su deslumbrante sonrisa con gracia realísima. «La verdad es que no parece nada altiva», exclamaba la gente. De pronto, alguien lanzó una bomba desde un tercer piso. El chófer, la reina y los tres guardias republicanos quedaron hechos papilla mientras Grabaou y sus mejores sabuesos de la B. S., apostados en los alrededores, tomaban al asalto el piso sospechoso al grito triunfal de «¡adelante muchachos!».Tras unos momentos de lucha feroz, la banda entera estaba entre rejas.

Fue entonces cuando estalló, como otra bomba, el genio de Grabaou, que había preparado su golpe con sumo cuidado. La auténtica reina de España se había quedado tranquilamente en el Ministerio de Asuntos Exteriores, adonde acudieron a continuación los parisinos para aclamarla a domicilio. La otra, como habrán inferido, era una reina postiza, una figurante que cobraba por horas.

El rey de España, inmensamente agradecido, quiso condecorar a Grabaou con la Orden de Isabel la Católica, pero él la rechazó noblemente. No quería afligir a algunos de sus amigos de la B. S., que pregonaban opiniones anticlericales. Se contentó con una pequeña suma de dinero.

Dossier du Collège de 'Pataphysique
n.º 20

La casa de Bourgenew

A mi amigo Maxime Delu, alpinista

¡Qué estupidez la mía! Habría debido tirar aquel mango de piolet con una afilada rotura en bisel, un mango que no podía servirme de nada, que entorpecía mis movimientos y, en caso de soltarse una clavija, se las habría arreglado para perforarme. Pero en la ofuscación de la derrota y con aquel frío inhumano que me petrificaba el cerebro, una sola idea fija circulaba sin descanso por mi sangre, que se espesaba a causa de la helada. Había olvidado por completo a los compañeros que esperaban nuestro regreso junto a las morrenas, en el Campamento VI; había olvidado que el Club del Himalaya acababa de perder las treinta mil libras que mi fracaso se había cobrado en un segundo; había olvidado el absurdo grito infantil que Smith había proferido cuando se le rompió el piolet y se cayó por un ventisquero de mil quinientos metros, llevándose consigo mosquetones y cuerda; había olvidado el odio hasta entonces obsesivo que le tenía al sherpa Madang, que nos había dejado tirados en el Campamento III, llevándose mis gemelos, que no valían nada, pero habían pertenecido a Mallory. Durante las tres horas que creo haber empleado en bajar los veinte metros de pared vertical (si alguien me hubiese visto, habría pensado en un perezoso filmado a cámara lenta), debí devanar el siguiente razonamiento más de tres millones de veces:

«Si hubiésemos tenido éxito, la hora del triunfo habría estado marcada, entre otras asquerosidades, por una avalancha de publicidad: los vencedores del Karajunghi llevaban calcetines de lana Cyrus; el hornillo Gazéor funcionó a más de ocho mil metros de altura; todas las fotos de la expedición se tomaron con una película Korpan; exija el saco de dormir Karanylon; sin los crampones Gripp habríamos fracasado. Pues bien, pienso llevar de vuelta a Europa lo que queda del piolet de Smith y gritar en todas partes: Smith murió porque se le rompió el piolet, un piolet de la casa Bourgenew, de Ginebra. La casa Bourgenew quebrará y vengaré al pobre Smith. Si hubiésemos tenido éxito, la hora del triunfo habría estado marcada, entre otras asquerosidades, etc.»

Después de franquear los últimos metros de pared vertical, dejé de pensar en la casa Bourgenew durante dos segundos para preguntarme si de verdad valía la pena continuar. Antes de alcanzar el borde de la gran barrera de seracs, que por la mañana nos había exigido seis horas de esfuerzo (¿cuánto tiempo necesitaría para alcanzar la base?), tenía que bajar cien metros por una pendiente helada de sesenta grados, recubierta de nieve fresca. Y si alcanzaba la base de aquel formidable obstáculo, aún tendría que deslizarme por la chimenea vertical hasta el campo. ¿Era una empresa factible en solitario? Respiraba con dificultad creciente y a cada paso que daba los pies me pesaban una tonelada más. Caía la noche, o más bien se desplomaba. Se conjugaban unas circunstancias de lo más tentadoras que tal vez no volvieran a presentarse de un modo tan favorable, para tumbarse a dormir de una vez por todas. Fue la casa Bourgenew lo que me salvó. En el momento de abandonarme y echarme hacia atrás, sentí el mango del piolet contra el muslo y, temblando de renovada rabia, volví a ponerme en marcha hacia la arista del abismo. Apenas había recorrido la mitad del camino, como un autómata dolorido y anquilosado, cuando oscureció del todo por la azulada luz de la luna. Bruscamente, con un gesto completamente ajeno a mi voluntad (algo en mi interior debió de comprender), tiré el mango del piolet. Lo vi resbalar por la pendiente, cada vez más deprisa, y echar a volar, en mitad de la noche, sobre la cornisa del gran acantilado. En ese preciso instante asumí que Smith estaba muerto y me dio pena, una pena espantosa que me oprimió el corazón, como no la había sentido desde el día en que la criada, al vaciar la bañera sin avisarme, envió a mi camada de renacuajos al gran colector de Liverpool. Las lágrimas afloraron a mis ojos y se helaron en el acto, escociéndome de un modo atroz. Mi pobre Smith... con todos los peligros que habíamos afrontado... y su novia, tan flaca, que lo esperaba en la Universidad de Glasgow... y la asquerosa manía que tenía de raspar con la uña la cazoleta de la pipa... y la salchicha que compartió conmigo la tarde en que nos equivocamos de itinerario durante el descenso del Cervino, etc. Me ahogaba, sacudido por mudos sollozos, y llegué a la arista de la vertiginosa pared sin ser consciente de haber llegado. Mi cuerpo no era más que un dolorido recipiente atiborrado de cansancio. La fatiga me recorría los dedos y las orejas, como pez líquida. Asomé la cabeza por encima de la cornisa. Era como si estuviese en el techo de un rascacielos de hielo de cuarenta pisos y tuviese que llegar a la acera por la fachada sin más ayuda que una cuerda de rápel y unas cuantas clavijas. A lo que había que añadir la sensación distinta de que no habría tenido fuerza para frotar una cerilla contra su cajita, ni siquiera para levantarla. Pero la casa Bourgenew... No bien hube olvidado que ya no tenía el mango del piolet, planté mi primera clavija y me encontré suspendido de la cuerda, colgando sobre el vacío... El frío no había sido hasta ese momento lo que más había padecido, pero apoyado contra aquella pared de hielo sentí cómo me penetraba por todos los poros y se infiltraba delicadamente hasta lo más entumecido de mis nervios. Aquel frío abyecto me devolvió poco a poco la lucidez. Mi cuerpo extenuado trabajaba solo, mientras mis pensamientos se iban ordenando. La locura Bourgenew me abandonó. Había que vivir, continuar, llegar al menos hasta el campamento y salvar al resto de la expedición, llevarla incluso a Katmandú, en espera (aunque no proyectaba llegar tan lejos) de la hora de rendir cuentas y dar explicaciones en los despachos. Sentía de nuevo en mí la voluntad de llegar al campamento, pero el cansancio seguía brotando, inagotable, de toda aquella carne que tenía a su merced...

Y aun así, cuando cayó la noche entintada yo ya estaba bajando, rápel tras rápel. La luna había desaparecido en alguna parte y el cielo se hizo súbitamente de un negro irreprochable, sin un solo reflejo de estrella sobre el hielo, una noche primitiva de los albores de la creación. En aquellas tinieblas aún pude ganar un par de metros; se acercaba el momento en el que, como un acróbata agotado, tendría que plantar la escarpia. Entonces se apoderó de mí una última desesperación. Debía de haber muerto sin darme cuenta, porque mi cuerpo ya no se aferraba al hielo, sino a una materia incomprensible, lisa y cálida. El aire mismo parecía haber cambiado de densidad, los pulmones se me dilataban y el viento había cesado de repente. Me vi bañado de sudor, y era un sudor que no se congelaba. Sí, empezaba a hacer calor.

Antes de haberme asombrado de lo que sucedía, recibí en los ojos dos puñaladas de una luz que en un primer momento me resultó cegadora. Aturdido, abrí lentamente los párpados que había entornado. La luz seguía allí. Con la espalda contra la pared, balanceándome dolorosamente en la cuerda de mi rápel, vi que me encontraba en una habitación que, tras un examen más detenido, resultó ser una modesta cocina. Al principio, la oscuridad me impidió reparar en ello, pero alguien acababa de entrar y accionar, junto a la puerta, el interruptor de una lámpara eléctrica que colgaba del techo, al extremo de un cable; la lámpara que, pese a estar polvorienta, me había cegado de un modo tan virulento. Mi primer reflejo fue mirar hacia arriba. El techo de aquella cocina, altísimo, estaba sumido en la oscuridad, y mis cordajes ascendentes se perdían en la sombra. Otra mirada hacia abajo me confirmó que me hallaba casi al final de la cuerda, cuyo extremo llegaba a pocos centímetros de un suelo de baldosas de barro ribeteadas de yeso. Lo habría tocado alargando un poco la pierna.

Después de encender la luz, la muchacha se dirigió, sin reparar en mí, hacia la cocinilla de carbón que relucía en un nicho de la pared opuesta y levantó las tapas de varias marmitas. El aroma de la comida caliente me alcanzó como un puñetazo. La joven, que vestía una falda negra muy sencilla y llamativamente corta separada de un jersey ajustado por un elegante cinturón de seda que ponía en aquella vestimenta más bien pobre una extraña nota de alta costura, se encorvó para llenar de agua el hervidor. La visión de aquellas posaderas súbitamente redondeadas (la falda se le levantó hasta medio muslo) me persuadió de que se trataba de una mujer hecha y derecha y no de una muchacha. Al momento entró en la cocina otra mujer muy vieja y muy pálida, arrebujada en un chal a cuadros, que le preguntó a la más joven si había vuelto su marido. Era su madre o la del marido ausente. La vieja fue a sentarse frente a una mesa provista de un hule y una cafetera, y se sirvió un tazón a rebosar. Sin volverse (por su acento deduje que eran escocesas; y por la vieja lámpara Davy colgada de la chimenea, que me hallaba en casa de un minero), la más joven dijo:

—Mamá, hay un alpinista en la pared.

La vieja me lanzó una mirada distraída y luego se volvió hacia su hija.

—¿Hace mucho?

—No sé, acabo de verlo en el espejo del calendario.

Levantando apenas el balde que acababa de llenar de agua humeante y que fue a depositar cerca del fregadero, a mi derecha, la joven se acercó, acompañada de un perfume de piel caliente. Su boca, roja y grande, vivía bajo una nariz ancha y unos ojos de larga ola primaveral. La flameante cabellera le llegaba casi a la cintura.

Tras beber un trago interminable de café, la vieja, con el tazón temblando entre sus manos huesudas, preguntó:

—¿Has hablado con él?

La joven, ocupada con sus cepillos y su jabón, se limitó a encogerse de hombros.

—Beck se retrasa... —dijo la vieja, e insistió—: ¿Has hablado con él?

—¿Con Beck? —preguntó la joven, sorprendida.

—¡No mujer, con el turista!

—No tengo tiempo.

—Hace días que no vemos turistas y éste no está muy deteriorado...

Las escuchaba con el único temor de perderme alguna de sus palabras inútiles, algo aturdido por la diferencia de presión, el cálido aroma de la joven y los vapores íntimos de aquel caldo graso que empezaba a mitigar levemente mi fatiga y deshelarme la sangre, que corría más rápida por mis manos aún crispadas contra la cuerda, llenándolas de una legión de hormigas. Las mujeres no dijeron nada más y, en el silencio algodonoso de la cocina, oí el tic-tac de un despertador de pacotilla. Me dio la impresión de que un tren silbaba en la noche, a lo lejos, y habría jurado que llovía.

La puerta volvió a abrirse y entró Beck, que era alto y delgado, vestía un mono de minero, como era de esperar, y estaba cubierto de hollín de pies a cabeza. Fue hacia el fregadero y levantó el balde.

—¿Has visto al alpinista? —le preguntó su mujer.

—Podrías empezar por saludarme —refunfuñó—. ¿Un alpinista? ¿Dónde?

—Ahí a tu lado...

Beck ya había comenzado a rociarse la cabeza con agua caliente y me miró a través de la espuma de jabón. Fue el primero en dirigirme la palabra. Su voz ruda y bondadosa me llenó de una inmensa autocompasión.

—Se le ve a usted muy cansado...

Despegando con esfuerzo los labios secos y llenos de grietas, acerté a contestar:

—Mi amigo se ha caído... la culpa es de la casa Bourgenew...

—¡También a usted podría sucederle! —dijo encorvado sobre el fregadero, donde su joven esposa le aclaraba la espesa melena gris.

Mientras se secaba con una toalla de tejido basto, se acercó hasta rozarme. Tenía los ojos azules como flores de miosotis y la cara surcada de arrugas negras.

—¿Quiere cenar con nosotros? Le sentaría bien una buena sopa caliente y una siestecita junto al fuego...

—No es posible...

—¡Cómo que no! Le prestaré mi pipa.

Y volviéndose hacia las mujeres, que ponían la mesa para seis comensales, añadió:

—¡No parece muy avispado, éste!

Volvió a mi lado y trató de hacerme entrar en razón:

—¡Suelte esa cuerda de una vez y venga a sentarse! De nada le servirá quedarse ahí colgado con las manos, ponga un poco los pies en el suelo y descanse.

¿Quién se ha expuesto jamás a semejante tentación?... Por un momento entreví una nueva y agradable existencia... No tendría que volver a aquel frío abominable, ni agonizar hasta el campamento, ni denunciar a la casa Bourgenew, ni reprimir el llanto, con el corazón encogido, ante la novia de Smith, ni tratar de hacer entender a la junta del Club del Himalaya que con los monzones no se juega. Todo mi cansancio se deslizaría hasta el suelo, abriría y cerraría sobre los fogones las ramas heladas y violáceas de mis pobres manos martirizadas... Trabaría amistad con aquella buena gente, a lo mejor hasta teníamos amigos comunes (viví mucho tiempo en Escocia)... En lugar de hacer un alto, bien podía acabar mis días bajo la oscura y maravillosa mirada de aquella joven, a la que amaría con una pasión discreta y desconsolada... Aquella joven a la que amaba ya... Una pizca de su turbador perfume vendría a dormir en mi ropa... Pero respetaría hasta la muerte al hombre que, en tales circunstancias, me había aconsejado soltar aquella estúpida cuerda...

Estiré la pierna con cuidado, sin soltar la cuerda. El suelo era duro, real, no tenía más que apoyar el otro pie, abrir las manos y dejar de sentir la tortura de mis ochenta kilos colgados de dos brazos tiesos de cansancio.

—¡Acércale una silla al señor! —dijo el amable escocés a su mujer.

—No se moleste —murmuré con voz ronca tras realizar el mayor esfuerzo de mi vida.

No podía quedarme allí, no podía saborear su sopa ni aliviar mis riñones maltrechos en la silla que acercaba a la mesa la mujer de cabellos de lumbre, no tenía derecho a aquel calor, a aquella bondad, a aquella belleza.

—¿Cómo que no? —preguntó el minero escocés; muy sorprendido y sin saber qué otra cosa decirme, insistió—: ¡Suelte esa cuerda de una vez, es absurdo colgarse así estando tan cerca del suelo!

No podía hablarle del Campamento VI, de los otros, del material que había que llevar de vuelta, ni de la casa Bourgenew. Sonó entonces una campanilla, la mujer salió corriendo y volvió inmediatamente para anunciar que los hermanos habían llegado. Después de mirarme con tristeza uno tras otro, los tres salieron de la cocina sacudiendo la cabeza como si pensaran que era un caso perdido. Cuando la joven se hubo marchado me sentí definitivamente viejo. La madre fue la última en salir, después de apagar la lámpara. Oí cómo se cerraba la puerta y el viento glacial volvió a soplar en las tinieblas. Descendí hasta el final del rápel, furioso por no haber aprovechado a colocar las clavijas mientras había luz... Claro que no les habría gustado ver cómo les estropeaba el papel de la pared. La luna asomó entre las nubes, cuajando la pared de una nebulosa de esmeraldas. Volvía a hacer un frío inmisericorde. Sobre mi cabeza palpitaban miles de millones de estrellas heladas. Lancé una mirada hacia abajo, estaba aún muy lejos de la base de la pared.

La Nouvelle Nouvelle Revue Française
n.º 8, agosto de 1953

Destinos...

—No, señor —me dijo aquel hombre de cara devastada que parecía estar a las puertas de la vejez (más tarde supe que había cumplido los sesenta y siete el año anterior, en efecto, y que, al año siguiente cumpliría sesenta y ocho)—, no señor, no siempre he sido hombre anuncio.

Soy un hombre bueno y generoso y tengo mucho tacto. Pero por encima de todo me apasiona el aura de misterio de ciertos destinos vitales. Por miedo de ahuyentar sus confidencias con una pregunta a bocajarro, le dije:

—Mi pobre despojo humano, bébase esta caña, que yo sé lo que es el hambre, y sírvase sin miedo del cesto de *bretzels*, cuando se acaben pediremos más.

Las puras e inefables alegrías de la beneficencia. Vi cómo los ojos del desdichado se empeñaban de lágrimas agradecidas mientras apuraba su caña con avidez. Era esa hora tranquila en que los oficinistas van al bar. Me sentía lleno de compasión. El aliento de la noche flotaba sobre la Plaza de Clichy. El hombre dejó el vaso sobre la mesa.

—¿Y hace mucho que dejó ese otro trabajo...?

—Diez años, señor...

Pero parecía invadirle el dolor de los recuerdos amargos y no me atreví a insistir. Sacudió su vieja cabeza de vagabundo y me preguntó qué hora era.

—Las siete y media, me tengo que ir. Disculpe...

Se le quebró la voz. Habría sido cruel insistir.

Lo ayudé a colocarse sobre la espalda la pancarta de vivos colores que anunciaba el Pack de Oferta del Cementerio, a 6,75 con todo incluido. Y antes de ir a perderse entre el gentío con paso cansino, se volvió una última vez hacia mí.

—Se ha portado muy bien conmigo, señor, así que ya puedo decírselo. No siempre he sido hombre anuncio. Hace diez años, repartía prospectos.

Organographes du Cymbalum Pataphysicum
n.os 8–9

Monólogo del empleado

Buenos días.

Ah, ¿viene usted por lo del puesto de poeta maldito? Llega un poco tarde. ¿No se ha cruzado, al subir, con un joven de aire adusto? Se ha llevado la vacante. ¡No puede uno dormirse en su oficio, caramba!

Vamos, vamos, no se ponga así, todo tiene arreglo. ¿Ha traído su carné de poeta? A ver. Está usted homologado, sí... su aspecto se adapta a los requisitos... y las referencias son buenas... qué lástima. En fin, será mejor no darle pie a arrepentimientos inútiles.

Tome asiento. ¿A ver esas muestras?... ¡Oh! No cabe duda de que es usted poeta, sus certificados no mienten... hay tanto enchufismo en los tiempos que corren... y además ha leído, es evidente... con el carné de poeta no se puede ser lo bastante exigente, no me canso de decirlo... corre por ahí un montón de jóvenes que, en cuanto tienen el título en el bolsillo, y vaya a saber cómo se lo han sacado, se creen que ya está y, lo que es peor, se lo hacen creer a los demás y se los recibe en todas partes como tales... Pero no es su caso, no, veo rebelión aquí, y está muy a la moda, permítame que lo felicite... sí, sí... ¿Que preferiría algo más concreto, dice? ... pues espere... ¿no querría enrolarse?... no, en la Legión Extranjera no, por supuesto que no, le hablo de enrolarse, de escoger un rol... el que usted quiera... no corre ningún riesgo ni se compromete a nada... lo digo porque si se anima, le coloco en un santiamén...

Hummm... pero, caramba, lo que escribe usted aquí es de lo más profundo... se lo comento porque ya no es usted muy joven y no va a tener mucho tiempo de retractarse... en vida, digo, porque después todo se arregla... de aquí a cincuenta años, lo que usted haya dicho o haya querido decir no tendrá mucho valor, si es que alguien se empeña en averiguarlo... sí, sí, ya veo que es sincero, pero si supiera lo que se llega a hacer hoy en día... Vaya, que no se haga ilusiones, sirve usted para el pie de la cruz, como el resto...

Mire, échele un vistazo a esta pila de expedientes que me han devuelto esta mañana de la sección de blanqueado... El señor Klosowsky les ha dado un buen repaso... No siempre es fácil, pero en nombre de la humanidad todo esfuerzo es poco. Aquí tiene unos cuantos títulos decentes:

> *Robespierre cristiano*
> *El éxtasis religioso en Lautréamont*
> *Mística del erotismo*
> *Kafka y la esperanza católica*

La parte de Dios en Organ
Lewis Carroll: una vida de pastor

Y este folletito popular: *Combes no era anti-clerical.*

¿Qué, le parece una chapuza...? A ver, ¿ha escrito usted en alguna parte la palabra «dios»? Página 132... ¡ah, aquí está!: «La idea de dios me resulta tan ajena como a un conejo la de la identidad de los contrarios; en todo caso, la mera idea de que exista un dios es nefasta y me la paso por el forro de los cojones». Muy bien, muy bien... un trabajo de primera... ¡Claro que sí! Lo tiene todo, hasta esa efusión mística final... no se atormente, sus descendientes no tendrán que avergonzarse de usted... no estará usted mucho tiempo en el Índice, se lo digo yo...

¿No tendrá usted por ahí algún poemita sobre la libertad absoluta, por ejemplo? Me refiero a la libertad auténtica, la libertad de no ser libre. Eso sí que nos vendría bien... ¿Y uno sobre la guerra? La buena por supuesto, no la mala.

¿La libertad de estar a solas, dice? Sí, bueno, habrá que verlo... lo esencial es tener una idea lo bastante elevada de su misión como poeta... lo único que no encuentro original en su trabajo es la forma... ¿Por qué no escribe alejandrinos bien rimados? Eso sí que sería una revolución. Hoy día todo el mundo sabe escribir como usted:

> *La jungla vaporosa, entelequia nocturna del diamante en llamas.*
> *Como el grito del petrel, como el cometa sangrante en mí.*
> *Hojas desgranadas...*

Eso está al alcance de todos los bolsillos... y a propósito de bolsillos, me parece que tiene opiniones muy materialistas sobre el amor... en cualquier caso, la mujer como objeto de deseo no lo es todo. El dicho popular con el que encabeza este opúsculo encuentro que es de muy mal gusto: «¿Vale más el paraíso perdido... que el ojete escocido... de mi novia?».

Todo eso se acabó, créame, está usted terriblemente anticuado, hay que poner a la mujer en un pedestal que ni siquiera esté a su alcance.

En cualquier caso, no me corresponde a mí darle estas lecciones, no es mi trabajo, yo no soy más que un modesto empleado. Es cierto que mi discreto oficio me pone en contacto con la élite de la sociedad y es más agradable que el de mi hermano Émile, que trabaja para la SNCF,* y se dedica a identificar los cadáveres de los accidentes de tren. Aunque esté peor pagado.

---

* Sociedad Nacional de los Ferrocarriles Franceses.

Pero charlo y charlo y le veo a usted muy alicaído. Déjeme hojear mis fichas. Después de todo, no quería encasillarse en lo de poeta maldito. Lo que usted quiere es verse impreso... y que lo pongan de vuelta y media...

¡Ah! ¡Aquí tenemos lo que andaba buscando! En Sudáfrica me piden un poeta verdaderamente revolucionario, el viaje está incluido y las vacaciones corren a cuenta del Estado... ni hecho a su medida... venga, firme, aquí... ya me dará las gracias más tarde... por correspondencia... y ponga en sus cartas tantos sellos como pueda... son para mi hijo, ya sabe.

Comentario

El surrealismo está enterrado, todo el mundo lo entierra, todo el mundo sabe que ha muerto tras haber encontrado su previsible fin en los escaparates de unos grandes almacenes de Nueva York,[*] y que sus flores más hermosas se recogieron hace mucho tiempo.

Pues nada de eso, el surrealismo no está enterrado, hay que resignarse.

Pero yo no me resigno. Y lamento que no

---

[*] Alusión a los escaparates de la Quinta Avenida que Dalí decoró en 1940.

esté enterrado. Hay que enterrarlo, es preciso que avance entre las sombras espesas, calientes y nutritivas de la tierra oscura, hinchándose de peligros. Es preciso que se hunda a una profundidad cada vez mayor, lejos de las horribles manos que arañan su superficie. Hay que dejar de dar pie y trabajar en silencio, en plena noche, con las incursiones justas a la luz del día, para poner las bombas. Los tramperos siberianos están convencidos de que los mamuts (a los que, curiosamente, llaman «ratas») siguen vivos y deambulan incansablemente bajo tierra. Los que tienen la desgracia de emerger, mueren inmediatamente, lo cual explica que no haya sobre la tundra un solo mamut vivo pero a veces aparezca, en la ladera de una colina helada, petrificado en el barro, un mamut que parece haber muerto la víspera.

Todo esto lo digo bajo mi propia responsabilidad, pues como decía más arriba, no soy más que un modesto empleado, mucho peor pagado que mi hermano Émile.

Publicación interna del Colegio
de Patafísica, 1955

De acuerdo con el calendario patafísico, este libro se acabó de imprimir el 22 de gules del año 123, día de san Sexo Estilita (16 de febrero de 2016 en la era vulgar).

Para los no patafísicos (o más bien para quienes ignoran serlo) aclararemos que la era patafísica arranca el 8 de septiembre de 1873, día en que nació Alfred Jarry.

Índice

© Editions Finitude, 2010
© Traducción: Gabriel Hormaechea
© Malpaso Ediciones, S. L. U.
c/ Diputación 327, Ppal. 1.ª
08009 Barcelona
www.malpasoed.com

Título original: *Le mécanicien & autres contes*

ISBN: 978-84-16420-49-0
Depósito legal: DL B 29677-2015
Primera edición: marzo 2016

Impresión: Novoprint
Maquetación y corrección: Átona Víctor Igual, S. L
Ilustraciones: © Claude Ballaré
Imagen de cubierta: © The Jim Heimann Collection

· ALIOS · VIDI ·
· VENTOS · ALIASQVE ·
· PROCELLAS ·